시계문학 일곱 번째 이야기

꽃들의 수다

시계문학회

시계문학회

초판 발행 2014년 11월 19일
지은이 시계문학회

펴낸이 안창현 **펴낸곳** 코드미디어
북 디자인 Micky Ahn **교정 교열** 최윤성
등록 2001년 3월 7일
등록번호 제 25100-2001-5호
주소 서울시 은평구 갈현1동 419-19 1층
전화 02-6326-1402 **팩스** 02-388-1302
전자우편 codmedia@codmedia.com

ISBN 979-11-86104-02-6 03810

정가 10,000원

꽃들의 수다

강물은 흘러가고 시간은 날아간다

강물은 흘러가고 시간은 날아가는 듯합니다. 일곱 개의 세월
이라는 줄에 소중한 보석을 꿰듯 아름다운 정서를 하나하나 엮
어 왔습니다. 가을의 고운 단풍처럼 감동을 줄 수 있는 글로 탄
생시키기 위해, 정서가 창조적 특수성을 갖추도록 해야 했습니
다. 마음뿐 단풍이 들기 전에 된서리에 말라버리는 기없은 잎새
로 될 때가 많았습니다.

글을 쓰기 위해서는 가볍게 스쳐가는 한 줄기 바람도 떨리는
가슴으로 감수성을 발동하도록 해야 합니다. 모든 사물을 날카
로운 시선에 뜨겁게 달구어 찰나刹那를 포착해야 하니까요. 끊임
없이 호기심을 끌어올리는 훈련을 요구하게 됩니다. 고심과 고심
끝에 여러 날들의 괴로움을 눈물 속에 묻어야 할 때도 많았지요.

"너무 불행하게 살아서 불행으로부터 탈출하려고 시를 썼다.
가슴에서 터져 나오는 것을 받아 적으니 시가 되었다"고 한 박경
리 선생은 '그렇게 많은 눈물을 흘렸건만/ 청춘은 너무나 아름다
웠다'고 했습니다. 인간은 대부분의 시간이 불행하다는 생각을
하고 그런 환경의 심오하고 깊은 곳에서 우러나오는 것이 시가

되는 게 아닌가 합니다. 시를 쓰지 않았다면 불행 속의 청춘이 아름답다 할 수 없었을 것 같습니다.

레닌과 스탈린이 존경한 작가 오노레 드 발자크가 있습니다. 그는 하층민의 사실을 그대로 그려낸 인간의 비극〈계곡에 핀 백합화〉로 유명하지요. 슬픔과 괴로움이 짓눌려 올 때마다 성숙해진다면 글을 쓰는 이에게는 그보다 더한 기쁨도 없을 것입니다. 비바람을 온 몸으로 받아 부딪치는 나무의 꽃이 곱게 피듯 그런 용기가 필요하다고 봅니다.

시계詩界라는 명상의 터전이 있습니다. 서로에게 사랑과 용기를 주고 감싸주었기에 오늘이 있다고 생각합니다. 만남과 만남의 순간이 쌓여 꿈같이 흘러간 먼 훗날을 그려 봅니다. 뒤 돌아본 자리가 얼마나 더 아름다울지 그려 봅니다. 멈추지 않는 시계의 작은 초침에 귀 기울입니다. 고통 중의 행복, 그 정점으로 향하기 위해 노력하는 지금 이 순간도 가슴 벅찬 환희의 물결을 거닐고 있다는 생각입니다. 우리 손잡고 함께 갑시다.

시계문학회 회장 이순애

Contents

작품은 시와 수필로 구성되어 있으며 수필 작품은 🔵 아이콘을 표시해 두었습니다.

Contents

작품은 시와 수필로 구성되어 있으며 수필 작품은 수필 아이콘을 표시해 두었습니다.

Contents

탁현미

•

떠도는 바람처럼, 무심이 흐르는 구름처럼
자유로운 영혼으로 남고 싶다

시

만화, 즐겨 보는 여자

목木 백일홍의 가을

선물

워낭 소리

장례 미사

『문파문학』 시 부분 신인상 당선 등단, 문파문학회 회장, 문파문학인회 상임운영이사
시계문학회 회장역임
공저 : 「너의 모양 그대로 꽃 피워라」, 「문파대표시선52인」 외 다수

만화, 즐겨 보는 여자

1. 창밖의 뜨거운 열기로 아스팔트가 흐느적거리고
   텔레비전 속 세상 또한
   자존감은 거리를 떠돌며 자물쇠 채운 지 오래
   화면 가득 헐뜯고 삿대질하며 부추기는
   말들로 화끈 달아오르면
   더욱 가슴이 서늘해지는, 그런 날엔
   바둑을 두는 고아 소년과
   이웃의 세 자매와의 따뜻한 이야기를 본다.

2. 창밖에 장대비가 아스팔트 위에 난타를 연주하는 날이면
   가벼운 자동차 접촉사고로
   손가락을 흔들며 험한 말로 언성을 높이던
   늙수그레한 노인의 얼굴 떠올라
   화가 부글부글 끓어오르는, 그런 날에는
   목욕탕 한가득 물을 채우고
   포도 한 송이 들고 앉아
   밀실 살인사건을 해결하려 뛰어다니는
   명탐정 뒤를 쫓는다.

3. 가벼운 바람이 창은 두드리고

비둘기들 고개 까딱이며 아스팔트를 쪼고

넙죽 엎드린 고양이 몸단장하는 평화로운 아침

마음은 깊은 무력함으로

하루의 일상이 버거운, 그런 날엔

젊은 청춘들의 솔직함과 거침없는 사랑

정열적으로 분주하게 같이 달리다보면

어느새 석양이 창 앞에 서 있다.

목木 백일홍의 가을

이곳에 뿌리 내린 지 십수 년
또다시 설렁설렁 바람이 분다
빨려들 듯 눈부신 파란 하늘
마지막 열기를 내뿜는 태양
기분 좋은 나태함에 빠져본다

온몸 이곳저곳에 희미하게 남아 있는 수술 자국
주렁주렁 달려 있던 링거
수없이 포기하고 싶었던 삶
몸속 작은 분신들의 꿈틀거림
먼 가지 끝에서 살랑이던 작은 손들
그들의 끈질긴 속삭임과 다독임에
이 가을
굵은 훈장 하나
허리에 둘러차게 되었다

선물

또닥또닥 조물조물
솜씨 자랑하는 우리들의 조물주
봄 여름 가을 겨울
콧노래 흥얼흥얼
이곳저곳 한눈팔며
지상에 보낼 선물 만들기에
오늘도 분주한 손놀림

여기 휠체어 위
마리오네트 십 수개 놓여있다
비틀리게 묶인 팔 다리
까딱까딱 고갯짓
언제나 웃고 있는
가을 호수 같은 맑은 눈
소리 없는 천진한 웃음

고개 그떡끄떡
만족한 미소 짓고 있다

워낭 소리

커다란 눈망울 눈물 가득 머금고
주춤주춤 뒷걸음쳤을
투박한 앞다리 하나
뜨거운 남비 속에서
고단한 땀 흘리고 있다

감자 호박 가늘게 썬 국수
함께 어우러져
장구 치고 피리 불고 북치며
짧은 그의 삶 위로하는
풍악소리 더들썩하다

떨렁 떨렁
워낭 소리 들린다

장례미사

검은 헝겊으로 싸인 관하나
천천히 성당 안으로 들어가고
침통한 유족들 그 뒤를 따른다

저 관 속은 얼마나 어두울까 숨이 막힐까
가만히 몰래 들어가 볼까?
정말 어둡고 조용하군 아니 소리가 들린다
'세상의 온갖 수고 생각해 주소서'
성가 한 소절이다
눈을 떠 본다 보인다 사람들이
두 손 모으고 금붕어처럼 입을 뻐끔뻐끔거린다
소리가 없다
아는 얼굴이 눈물을 흘리고 있다
아마 가슴 아픈 죽음을 경험 했을거야
두리번두리번 둘러 본다
두 개의 문이 있지 않을까
빛의 문이든 어둠의 문이든 보이지 않는다
아직 때가 아닌가보다 슬그머니 나온다

눈길을 끄는 사진 한 장
흰 국화에 둘러싸인 한복 차림의 여인
눈가의 가는 주름, 웃을 듯 말 듯한 입매
왠지 편안해 보인다
최선을 다했을 삶, 아름답다

이순애

•

붉게 물든 가을 비
단풍과 함께 뒹굴고 있네

시

가슴 찡한 장미

물동이

서러운 향기

수필

깊은 맛

복숭아 같은 아기

충남 논산 출생, 한국방송통신대학교 국어국문학과 졸업, 한국방송통신대학교 문화교양
학과 4년 재학중. 문파문학 시. 수필부문 신인상 등단, 한국문인협회 회원. 문파문학회 부
회장, 시계문학회 회장. 방송대문학회 부회장. 공저 『바람이 창을 두드릴 때』 외 다수

가슴 찡한 장미

뙤약볕 같은
흑장미 들여다보다
눈을 감는다

코끝이 눈물 글썽이며
숨 멎는
아픔으로 젖어드는
어머니 내음 속

거미 새끼 까나오듯
오글오글 걸어 나오는
무수한 언어들 손등을 기어 다니고

내 젖은 손과
갈퀴손 함께
가난을 만질 때

바람이 눈을 뜨고 들여다보는

가슴 찡한
유월의 장미가 된 얼굴
어머니

2014. 6. 18.

물동이

새벽별 한가득 담아
손 놓은 채 머리에 인
날렵한 물동이

치맛자락
휘어잡은
어머니 모습

조롱바가지 물 위에 뜨듯
종일 동동거리는 발걸음
아련한 기억 속에
내 발을 포개어본다

넘치거나
마르지 않던 물 찰랑거리고
치마폭 사이마다
휘파람 소리 나던 한낮 지나

초저녁 달

덩시러니 들어앉은
장독대의 물동이

서러운 향기

지축을 흔들던 밤 지나고
정원에 한가득 피어오른
백합

지난밤 보름달 달무리 끌어당기듯
향기 무리 지어 감싸고 있는데

꽃에 홀린 벌처럼 다가가다
멈칫 뒷걸음질 침은

향기가 노여워할까봐

마음의 잔잔한 물결 아니면
실바람 이는 미풍에나마

서러워할까봐

떨리는 두려움으로 가까이 하지 못함은
긴 밤을 지새운 소용돌이의 한가운데

네 영혼 있음이겠지

아직 더 바쳐야 할 밤을
더듬거리고 만지작거리며

내 가슴속 창 하나
열지 못하네

2014. 6. 19.

⦿수필 깊은맛

'시골'이라는 말 그 자체로 깊은 맛을 느낀다. 자연에서, 어머니의 손길에서의 순수하고 부드러운 맛은 그리움을 낳게 한다. 추운 겨울을 지난 이른 봄 마당 한구석에 모여 속살거리는 햇살과 휘영청 밝은 달빛, 캄캄한 밤하늘에 쏟아지는 은하수를 가르는 바람이 감미롭다. 앞산에 흐르는 능선의 곡선미는 어머니의 손등처럼 그윽하고 신비로워 깊은 맛을 느낀다.

시골집 뒤꼍으로 돌아가 본다. 장독대에는 알맞게 동그스름한 크고 작은 항아리들이 옹기종기 모여 햇살을 받으며 웃고 있다. 음력설이 지나면 커다란 항아리에 샘물 같은 햇간장이 한가득 담겨져 있다. 맑은 물 위에 둔하게 생긴 메주가 물위에 뜬 새가 금방 날아갈 듯 가벼이 동동 떠올라 있다. 붉은 고추와 대추, 까만 숯이 메주 주위를 헤엄치듯 맴돌고 있다. 항아리에는 청결을 위해 발걸음을 삼가라는 뜻인지 하얀 창호지로 버선모양을 오려 거꾸로 붙여 놓았다. 버선의 뾰족한 코와 반달 같은 뒤꿈치며 얼마나 솜씨 있게 예쁜지 한결 맛이 더해 보였다. 메주에서 간장의 깊은 맛이 우러나오고 있는 중이다. 두 달 후 메주를 건져 한 달 동안 숙성시킨다. 샛노란 재래 된장은 약간 떫은 듯 고소하고 달콤한 감칠맛이 구미를 당긴다.

간장은 해를 더할수록 깊은 맛이 난다. 얼굴이 비치도록 맑으면서 까만 색깔이고 간장독 밑바닥에는 유리알 같거나 다이아몬드 같은 덩

어리가 깔려 있다. 맛도 다이아몬드 급이다. 장맛이 특별히 맛있었던 것은 어머니만의 비법이 있었기 때문이었다. 다른 집은 메주를 건지고 나면 간장을 솥에 붓고 달인다. 잡냄새를 제거하고 깨끗하게 한다. 어머니는 평생을 두고 간장을 끓이지 말라고 여러 번 당부했다. 혹 집 안이 시끄러울 때 장맛이 변하는 수가 있다는 것이다. 한 번 끓인 간장 은 변하면 다시는 맛이 돌아오지 않는다. 발효균과의 결별이다. 달이 지 않은 간장은 늘 살아 숨 쉬는 간장이고 어쩌다 변한다 해도 햇볕을 쪼이며 기다리면 깊은 맛은 다시 돌아온다는 것이다.

발효균을 살려 내는 것. 어머니만의 삶의 지혜이며 철학이었다. 느 긋한 성격도 아니면서 급하게 서두르지 않는다. 옳고 그름도 분명히 안다. 하지만 억장이 무너질 만큼 상처를 받았을 때 오히려 불쌍히 여 기며 끌어안고 다독인다. 한 발 내딛은 발걸음을 다시 되돌려 제자리 에서 깊은 맛으로 우러나게 될 때까지 기다린다. 한 걸음 뒤로 물러나 들숨과 날숨을 길게 쉬면서 심사숙고 한다. 인내의 연속이다. 예리한 눈매와 날카로운 판단력은 비범함을 뛰어넘는다는 생각이 들었다. 그 런 모습에서 좌절을 딛고 희망이 넘쳐나고 용기와 투지가 솟구쳐 옴 을 느낄 수 있었다. 평생 한 번도 이렇게, 저렇게 살아야 한다고 가르 치지 않았다. 하지만 어떻게 하면 닮을 수 있을지 생각하게 했다.

세월이 흐르면서 인간은 나약해지는 것 같았다. 가슴 쓰리고 배고 픈 어머니의 삶은 까맣게 잊는다. 결혼 생활은 남남끼리 만나 맞을 수 없었다. 나 같은 사람은 이 세상에 나밖에 없기 때문이기도 했다. 극과

극이어서 장맛이 돌아오길 기다리기보다 끓여 버리고 말까 싶었다. 하루에도 셀 수 없을 만큼 장작을 들었다 놓고는 가슴을 쓸어내리던 때가 있었다. 발걸음을 따라 붙는 삼남매가 발효균이었다. 날이 갈수록 깊은 맛을 내는 아이들이었다. 죽은 벌레의 시체를 물고 가는 개미처럼 기진한 어미를 이끌고 갔다. 악몽에서 깨어나듯 일어설 수 있었다. 묵은 간장의 맛은 가족의 건강에 일조했다.

세상에 내 것은 없다고 했다. 아이들은 부모 품을 떠나 햇살 따스한 항아리 속으로 들어가 오글오글 잘 숙성되어 깊은 맛을 내고 있다. 더 이상 감사할 수 없다. 찌꺼기만 남은 간장에 눈물 같은 물을 부어 놓았다. 콩을 삶은 물은 간장에 부어 놓고 콩은 으깨어 남은 된장에 섞어 놓았다. 달이지 않아서 깊은 맛이 되돌아와 숙성된다. (새벽 두세 시에 잠자려 언 발을 이불 속에 넣으면 잠결에도 따뜻한 살결로 양쪽 발을 덥혀 준다. 젊어서 고생했으니 하고 싶은 것 다 하라고 배려한다.) 콩을 심고 메주를 끓여 장을 담그기 까지 근 일 년이 걸린다. 달이지 않고 기다려야 숙성된 깊은 장맛을 볼 수 있다는 어머니의 지혜는 별의 노래였다.

복숭아 같은 아기

봄기운이 감돈다. 언땅이 밀어 올리는 입김을 따스한 햇살이 눈여겨보고 있다. 실핏줄 터져 엉겨 붙은 어머니의 손등 같은 나무는 순한 새싹을 정성스레 받혀 올려준다. 지금쯤 친정 부모님이 가꾸시는 복숭아 나무가 싹을 틔우려 움찔움찔 안간힘을 쓰고 있겠구나 싶었다. 모든 생물들이 소생의 실마리를 쥐고 희망을 끌어당길 때 내 안의 한 생명도 고개를 들기 시작했다.

첫아이를 임신하게 된다. 태몽이 딸 같았다. 하얀 눈 위의 복수초 같을까 향기 그윽한 복사꽃처럼 화사할까 궁금했다. 기쁨과 설렘에 이어 입덧이 시작되었다. 음식은 생각만 해도 속이 울렁거려 물 한 모금 넘길 수 없다. 옆집 아주머니는 열 달 내내 병원에 입원하고 있다가 출산하는 것을 보았다고 알려 주었다. 10킬로그램쯤 줄고 나니 말할 기운을 잃었다. 시골 친정집에 가면 괜찮을 것 같은 마음이 든다. 어머니도 이토록 어렵게 나를 낳으셨다고 생각하니 더욱 그리워 달려간다. 차창 밖의 풍경은 읽을 사이 없이 가로수가 회초리 소리를 내며 획획 지나가지만 길은 멀고 아득했다. 다섯 시간쯤 후 기진해 차에서 내리자 친정 동네가 보였다. 거북이 걸음으로 쉬엄쉬엄 1킬로미터쯤 걸어 간다. 산 모퉁이만 돌면 친정집인데 발걸음은 더욱 무거워지고 있었다. 그 때 복숭아밭이 눈에 띄었다. 골무만씩 한 복숭아가 봄 햇살처럼 어린 털을 보송보송 덮어 쓰고 아지랑이 속에 아른거리는 듯했다.

　갑자기 군침이 돌았다. 하나 따서 손으로 부비고 털어 입에 넣는다. 전에는 먹어보지 못한 맛이었다. 세상에 없던 맛. 이렇게 맛이 있어 이브가 선악과를 따먹고 아담에게도 주었으리라 싶었다. 순간 눈이 환해지고 노랗던 하늘이 파랗게 보인다. 흰 구름 타고 날아가는 새가 그림 같다. 하늘이 거기 있는 것을 처음 보는 느낌이다. 아직 씨도 제대로 생기지 않은 것이지만 먹을수록 맛이 있어 오래 씹지 못하고 삼켰다. 복숭아가 나를 잉태하는 것이 아닌지 모르겠다는 생각이 들기도 했다. 임신부는 부족한 영양소 때문에 먹고 싶은 것이 생긴다니 신기한 일이다. 커다란 밭에 가득 열린 복숭아를 다 먹을 수 있을 것 같은 마음인데 저 멀리 등 뒤에서 무슨 소리가 나는 듯했다. 나와는 상관 없는 일이겠지 하고 신경을 쓰지 않았다. 다급한 소리로 누가 복숭아를 따느냐고 거칠게 소리쳤다. 뒤 돌아보며 "오빠 저에요"라고 하자 깜짝 반기며 "동생이구나" 숨아 낼 건데 많이 따먹으라며 오히려 미안한 듯 웃고 지나간다. 친정 이웃의 친척 같은 친구 오빠였다.

　친정 집에 들어 섰다. 막내 딸을 시집 보내고 걱정하던 어머니가 놀라 풀을 매던 호미를 놓치며 벌떡 일어나 반긴다. 어머니의 품에 안겨 장마철 소나기 쏟아지듯 눈물을 흘린다. 강아지도 반가워 꼬리를 흔들며 뱅글뱅글 돌고 있었다. 복숭아로 입맛을 잡은 것이기도 하지만 어머니의 손맛은 언제나처럼 음식이 입에 붙었다. 시골의 흙 냄새며 풀 향기가 폐부 깊숙이 심호흡을 하게 했다. 뱃속의 아기가 시원하다고 웃는 듯하다. 마당의 암탉이 개나리처럼 노란 병아리를 까서 거느리고 모이를 쪼는 모양을 보니 어느 때보다 더욱 사랑스럽게 느껴졌다. 친정 집 둘레의 과수원에는 첫 수확을 기다리는 어린 복숭아 나무가 자라고 있었다. 내가 가까이 가서 쓰다듬으며 잘 자라서 열매를 맺어 고맙구나 한다. 상쾌하고 청량한 촉감이 온몸을 돌아 퍼져 안팎으로 복숭아 향기가 감싼다.

입맛을 잡았다 싶어 서울로 돌아온다. 변덕이 죽 끓듯 한다더니 꼭 맞는 말이었다. 공기부터 틀렸다. 어머니가 해 주던 밥과 시골 나물이 눈에 선하다. 내 입과 배 속의 아기를 감동케 했던 친구네 복숭아는 얼마나 컷을까. 친정집 복숭아도 많이 컷을 텐데 하는 생각에 사로 잡힌다. 기운이 없어 청력까지 떨어지는 듯 가물가물했다. 밖에서 리어카를 끌고 가는 장사꾼의 외치는 소리에 복숭아라는 말이 들리는데 환청일까 싶지만 기어나가듯 내다본다. 어느새 주먹만 한 복숭아가 봄의 꽃빛이 남아 있는지 볼그스레 뽀얀 것이 시큼 달큼 꿀맛이었다. 바로 이거다 라고 소리치고 싶었다. 이 분은 어찌 알고 나를 위해 맛있는 복숭아를 마련해 왔는지 고맙기 그지없었다.

복숭아처럼 잘 자라는 뱃속의 아기가 신이나 뛰어 논다. 우리 밝은 얼굴로 웃으며 기쁘게 만나자고 친정집 복숭아 나무에게 하듯 수없이 연습 중이다. 복숭아 태교법이다. 먹고 싶은 것은 오직 복숭아뿐이었다. 친정집의 복숭아가 잘 익었다는 기별을 받자 갑자기 어디서 복숭아 향이 코를 찌르는 듯했다. 눈에 스치는 복숭아는 나무에 매달린 채

나를 기다리고 있으니 어서 오라는 듯 끄덕이는 것이 눈에 선했다. 발걸음은 친정으로 향하고 익은 복숭아를 생각할 때 천리 길도 한 걸음 같았다. 친정집은 모두 들에 나가셨는지 빈 집이었고 먹음직스런 복숭아는 환한 등불을 빨갛고 노랗게 달아 놓은 듯 곱기도 고왔다. 더러 까치가 찍어 놓은 복숭아는 노란 꿀물이 반지르 한 것이 복숭아의 눈물처럼 흐르고 있었다.

막내 딸을 시집 보내고 나서 복숭아나무를 자식 기르듯 정성을 다한 결실이라 생각하니 온몸에 전율이 흘렀다. 한 개도 따 먹기는 커녕 쳐다보기도 아까웠다. 낙과를 주워 씻어 먹는다. 나보다 한 발 앞서 찾아온 얄궂은 바람이 떨구고 도망간 것인지 낙과 같지 않고 맛있었다. 바구니를 찾다가 까치가 상처 낸 복숭아를 따고 낙과를 주워 소쿠리를 가득 채웠다. 먹고 남은 낙과는 서울로 가져 가리라 마음 먹는다. 어머니가 온 몸이 땀에 젖어 들어 오신다. 이 세상의 어머니와 딸은 눈빛만 봐도 서로를 잘 아는 모녀지간이리라. 막내 딸의 성정性情을 한눈에 알아채고는 속상해 하며 소쿠리의 복숭아를 왈칵 쏟아 버린다. 남도 제일 좋은 것으로 주는데 좀 덜 팔면 된다고 한다. 아까운 마음에 도로 주우려 손이 가다 멈칫한다. 어머니는 제일 맛있게 생긴 것으로 조심스레 따 담는다. 어머니는 곡식 낟알 하나라도 줍지만 쓸 데 쓰고 아낄 데 아낀다. 항상 생활의 지혜를 몸소 가르쳐 익히게 하신다. 맛있는 복숭아를 맛본 배 속의 아기는 외할머니께 감사하는 듯 수없이 신호를 보내고 있었다.

스산하고 을씨년스런 늦가을이다. 낙엽을 떨군 복숭아 나무는 다음해에 싹틔울 씨눈들을 품어 안으며 잠재운다. 모든 만물의 탄생에는 참을 수 없을 만큼의 고통을 이겨 냈기에 기쁨은 말할 수 없이 큰 것일 게다. 예정 일을 2주쯤 앞두고 급하게 김장을 한다. 배추 속을 넣다말고 진통이 온다. 병원으로 가 온 하루를 뒤틀고 몸부림치다 분만을 한다. 잘 먹지 못했어도 복숭아 씨처럼 야무진 딸은 3.2킬로그램이다. 백일이 지나면서 사람들은 우유를 먹는지 피부가 곱다고들 한 마디씩 한다. 속으로 우윳빛이 아니라 복숭아 빛이라며 웃는다. 보들 보들 윤이나는 볼은 최고의 절정을 뽐내는 잘 익은 복숭아다. 한 입 베물고 싶게 달콤하고 향이 그윽한 복숭아.

김안나

잊고 산 소중한 것들을 적어 본다.

시

살살이 꽃

일탈

당단풍

꽃들의 수다

무법 지대

충남 서산출생, 한국문인협회 문인저작권옹호위원, 계간「문파문학」총무, 한국문인협회 용인지부 회원, 시계문학회 회원.
저서 : 시집「물비늘이 유리창에 박힌다」「그대 입술로 피어난 꽃」「듣고 있나요」

살살이꽃

무서리 뼈 속 스며드는데
초연한 저 득도의 미소

너덜한 아귀다툼 혼란의 틈바귀
가녀린 몸 휘청거려도
지위. 학벌. 빈부. 혈통. 이념
그 어느 것 거르지 않고
희면 흰 대로
붉으면 붉은 대로
활짝
웃으며 반길 줄 아는 그대가 곧
부처이지 싶다

일탈

회문산 자연휴양림에서 새벽을 맞이한다
새소리
물소리
이슬 터는 소리
수선스런 일상을 누그러트리는 치유다

자욱한 푸른 향 아래
갓 직조한 물결 몇 가닥
상쾌하게 퍼붓는 입맞춤
목마른 애정이다

열심히 기도문 올리는 나무에 기대
잊고 산 소중한 것들을 적어 본다
빼곡한 고백이 지면에 넘치는 동안
후다닥 달아나 버리는 새벽
채 뜨거워지기도 전
안녕이다

당단풍

내 안엔 분명 사랑에 목맨 혼이 있어
하염없이 젖어 내리는 날이면
꼿꼿하던 도도함이 눈 붉게 날뛴다

어쩌다 흐린 불빛에 그림자라도 어른대면
무너진 체면은 담벼락 매달려
애꿎은 손톱 밑 벌겋게 물들이곤 한다

내 안엔 분명 사랑에 목맨 혼이 있어
서걱대는 꿈 등줄기 그대로 타고 내리는 날이면
시붉은 가슴 애끓다 정신 줄 놓고 마니
지독한 그 혼령 달래려
산산 들들 자리 걷이로 발이 분주하다

꽃들의 수다

가지런한 이 드러내며 떠는 수다들
목젖까지 환하다
새똥 떨어지는 것이라도 보았는지
까르륵대는 저 찬란한 오색의 웃음
내게도 저런 날이 있었던가

천금같은 하루 분주히 헤매느라
고부라진 척박한 가슴
사뭇 쏟아지는 웃음의 낱알 심으면
환한 수다 피어낼 수 있을까

슬며시 주운 몇 마디에서
자잘한 이름들이 뱅그르르 돌다 바스러진다

무법지대

펄펄한 중년은 노령열차에 밀쳐지고
앳된 청년은 학자금 융자에 묶여 등이 굽고
네글레리아 파울러리 아메바*는 머리 속으로 들어가
아이가 어른의 머리 위에서 날뛰고
감성은 삶은 호박처럼 뭉개지고
동강난 인성은 나뒹구는
처절한 아우성 앞에서 희열을 마시는 포자들만
무한 증식하는 곳

---

*네글레리아 파울러리 아메바—뇌를 먹는 기생충

又敬堂

임정남

•

가을 하늘에 떠 있는 구름이 마술사다
무대 위에 세워 놓은 너는 구름위에 둥둥 떠가고 있다
이제 낙엽이 떨어지고 있다

시

여름과 가을 사이

제삿날

영원한 내 동반자여!

봄이여!

무대

경북 영주 출생, 시 부분 신인상 당선 등단, 한국 문인협회 회원, 문파문학회 상임운영이사,
문인협회 용인지부회원, 시계문학회 회장 역임. 수상 : 제2회 시계문학상
저서 : 시집 『낮달』, 공저 『너의 모양 그대로 꽃 피어라』, 『가을 햇살 폭포처럼 쏟아지는데』
외 다수

여름과 가을 사이

푸르름 속

뜻하지 않았던

그 누가

바람과 햇살과 물기가

피어낸 꽃

꽃의 향기

누구나 기억 속에 간직한다

여름과 가을 사이

물들기 시작하는

나뭇잎 하나

화려했던 지난날을

바라보던 시선이

가라앉고 있다

제삿날

하늘 가득한 푸른 바다
새떼는 막무가내로 솟아오르고
살아서 부드럽게 꿈틀대는 무진장한 하늘
물 고운 바다만큼 쳐다보고 푼 파란 하늘
언제고 보러 갈수 있는
숱하게 많은 크고 작은 구름 속에
더 날아가 더 멀리 푸른
비행기는 활주로가 있다

어느 날 문득 가보고 싶은 엄마 마을
멀다 갈 꿈도 꾸지 못한 지난날
지금은 한가한들 찾아가도 반기는 이 없어
끌어안아도 채울 수 없는 그리움
목구멍 침 꿀꺽 삼키며
정신 나간 사람처럼 훌쩍인다

언제나 8월이 오면
부산스런 승객처럼 마음이 바쁘다
아름다운 풍광에 초대하여

빳빳한 모시옷에 가르마한 어머니
차에 모시고 이 좋은 계절 어디든
나뭇잎 가르며 달리고 싶다

영원한 내 동반자여!

어쩌다 !
뛰어넘고 싶은 일 생긴다
빨리 지나 갔으면 하지요
지금 이 시절이 내 삶의
징검다리

지루하고 답답한 마음
구름 위에서 상상을 해본다

어느 장기가 정지하면
새털처럼 가벼워 하늘로 날아가 버릴
미묘한 소리의 소름이 돋아난다
나조차도 생각하지도 못한
타락한 단어들이 줄줄이 줄을 서고

하루 종일 들었다 놓았다 하는
실올 같은 희망들이 오르락내리락 하는데
사랑과 믿음은 안절부절 위협을 가하고 있다

(8월 대전 어느 병실에서)

봄이여!

잘 익은 봄
꽃잎 흘러가듯 소리 없이 너도 나도 떠나가고
새 잎 튼 살구나무 매화나무에도 살 오르고
길 나선 봄 처녀 허벅지에 질투처럼 눈길이 자꾸 간다

늦잠 잔 꽃잎은 눈치 없이 시간차로 배웅하고
먼저 나온 꽃잎은 길바닥으로 내려 앉아
숲길은 연두 빛 물결이 파들파들 흐르고 있다

활짝 화들짝!
논둑 밭둑에 핀 키 작은 꽃들은 아우성을 치는데
포근한 햇살은 산길 옆 바위에 걸터앉아
바람 속 옛 이야기 듣고 있다

부도 밖 근처 녹차 꽃 하얀 꽃 길 위에 떨어져
돌 하나 꽃 하나 돌탑 위에 얹어 놓고
생각 없이 멍하니 가는 봄을 쳐다보고 있다

무대

춤도 노래도 어설프기만 했던
지난날
응원이나 격려 같은 것은
사양하면서

함께 공부했던 그들은 모두 떠나고
혼자 남아 말로는 설명할 수 없는
스승 앞에 어색하게 서서

오랜 시간
자기 자신을 바라보면서
밤하늘에 유성을 보듯
별똥의 소리는 들리진 않지만
그 별똥의 눈물 속에
이제 막 가난한 마음의 뒷모습을 보면서
무대에 섰다

찬 숨 모으며
힘껏

날개를 달고 춤을 추어도
혼란은 이어지고 있다··

머지않아
애잔한 그 노랫소리 들으면서
붉은 낙조는 무대에 막을 내릴 것이다.

김좌영

·

씨앗이 여무는 들녘
잔잔한 울림으로 다가가는 오후

시

계절의 언덕

나팔꽃

백일홍

상추쌈

여정

경북 예천출생. 문파문학 신인상 당선 등단, 한국문인협회 회원, 한국수필가협회 회원,
창시문학회 회장, 시계문학회 회원, 한국음악저작권 협회 회원
저서: 『그리움, 이유』, 『무지개마을』, 『나뭇잎』 외 동요작사곡 다수
공저: 『문파대표시선』, 『바람의 붓끝은』 외 다수

계절의 언덕

먹장구름
살며시 산등성이 넘고
보송보송 갈바람
초록빛 파도를 탄다

자연의 빛깔
새 소리 들꽃 향기도
모두 옷 갈아입는 공간
삶의 한 페이지를
담담히 접어 넘기는
노을빛 마음

하얀 종이처럼
생각하는 마음도
접고 지울 수 있다면
참 편하고 좋겠다

나팔꽃

아침 햇살 함께 피어나
저녁노을 쓸쓸히 시드는

짧은 만남
짙은 여운을 남기는 꽃

하룻낮을
울다 가나 웃다 가나

촉촉한 보랏빛 입술
파르르 떠는 창가

백일홍

바람에 휘고

비에 젖고

녹아내리는 햇볕
외롭고 먼 꽃의 길

오늘도
오작교 별빛 밝히고
백일기도 하는 꽃

그 희고 긴 목
맑은 이슬 흐른다

상추쌈

텃밭 풀내음 상추 한 줌 따서
두레박 우물에 헹구듯 씻는다

골가지 낀 항아리 누런 된장
통깨, 참기름 몇 방울 떨궈
다진 풋마늘로 버무린 쌈장에
소쿠리 보리 찬밥 상추쌈
작은 입 미어지도록 넣어주던
어머니의 호미 손

내일 모레면
한번 다녀가는 날
하얀 고무신 달빛 밟고 오시려나

여정 旅情

컹컹컹
밤은 깊어가고
은빛 고요가 흐르는
어슴푸레한 산자락

삶의 여정
찌든 기억들 헹궈
달빛에 말리고
쌓인 사연 불살라
어둠 속 고이 묻는다

불귀의 먼 여행 길
사랑 하나 담은 가슴
풀잎이 잠든 빈 뜨락
밤이슬 흠뻑 젖는다

이규선

작가가 한해를 마감하는
시집을 정리하는 책상너머로
밤이 깊어가는 소리를 들었습니다
귀뚜라미 소리를

시

서울출생, 『문파문학』시 부분 신인상 당선 등단, 시계문학회 회장 역임, 용인문인협회 회원, 저서 : 공저『너의 모양그대로 꽃 피워라』『문파대표시선 52인』외 다수

고추잠자리의 일생

더 이상 날지 않았다.
한 점이 되어 하늘에 원을 그리는 일도
갈바람에
코스모스와 춤추고
갈대를 간질이던
날개의 떨림도 끝내 멈추었다.

고개를 떨구고 있는 것은
더 높이 더 멀리 날아보지 못한 것을
후회하고 있는지도 모를 일이다.

여름날 소낙비를 피하고
참새를 피하는 불안한 비행은
더 이상 하지 않아도 되었다.
썩은 나무에 앉아 그냥 그대로
작은 나뭇가지가 되어버렸다.

슬퍼할 이 없는 슬픔만이
나뭇가지에 남아
그해 가을도 그렇게 쓸쓸히 흘러가고 있었다.

귀뚜라미

장마끝
안방구석
눅눅한 공기속
방 한가운데로 기어나온
벌레 한 마리

날벌레려니 하고
손바닥으로 내려치려는
순간.
손바닥이 공중에 멈춘다.

손바닥 아래 움직이는
엉덩이 통통한
귀뚜라미의 촉수 위로
나의 생명선이 그려져 있다.
운명선 아래로 천천히 기어가는
작은 발가락

가을이 오면

엄지와 검지 사이를 떠난 귀뚜라미는
손바닥 위의 운명선을
작은 손가락으로 튕기며
가을을 노래할 것이다.

까치집

계단을 오르며
까치집 위를 한 발짝씩 오르고 있다
오층 높이의 나무에
까치는
별을 걸어 놓았다

나는 까치별 위를 날고 있다

고향을 그리던 까치가 어느날 밤은 하수를 건너 저편 별까지 날
아갔다 새벽이 오기전 고향을 물고 지구로 돌아온 까치는 별을 나
무에 걸어 놓고 잠시 잠든사이 아침이 별을 삼켜버렸다 서러움에
울던 까치는 고향을 그리며 한 줄 한 칸씩 나무 위에 그려나갔다
이제는 별의 품안에서 잠을 잔다 또 다시 고향을 꿈꾸며

계단을 오르며
나는 까치가 은하수를
건너온 것을 믿기로 한다.
까치의 날개깃에 무지개가 묻어 있는 것을
본 적이 있다

장인 匠人

나무의 가장 높고
넓은 곳에 자리를 틀고
나무의 최고음조를
찾아내고 있다

여름가지가 떨고 있다
나무가 울고 있다
여름을 통째로

나무가 악기로
태어나기 전
이미 나무는 악기였다
매미는 나무를 물고 찢고
비틀어가며 악기를 만들었다.

매미는 나무를 옮겨가며
차츰 낮은 음정의 악기를
만들었다.

그 가을에게로

연주회 -베토벤 교향곡 5번 운명을 감상하며

내려다 보이는 곳에
커다란 공작이 날개를 펴고 있다.
한 남자가 걸어 들어와
공작의 머리 부분에 자리를 잡는다.
부리를 세워 깃털을 고른다.
비행 준비가 끝났다.

          ······

부리를 가리키면
작은 깃털의 울림이 점차 커다란 무늬의
깃털로 움직여간다.
떨림이 강해지면서
잔잔한 바람을 일으키더니
이내 바람을 타고 날기 시작한다.

난다
날고 있다
공작은 모든 이를 태우고

가벼운 몸짓으로 하늘을 날고 있다.
부리로 하늘문을 두드린다.
날개를 활짝 벌려 하늘을
열고 있다.
드디어
드디어 천상에 올랐다.

음악은 들리지 않고 천상에는
환희의 무늬만이 날리고 있다.
하늘 아래 두고 온
슬픔과 고통의 눈물이
환희로 부서져
반짝이고 있다.

김옥남

•

가을이면 말잔등에
선명하게 찍힌 화인처럼
지워지지 않는 그리움,
오늘도 성근 달빛 따라 긴 여행을 한다

시

깊은 밤

그대 1

그대 2

하늘공원

오늘도 ~ing

경북안동 출생, 계간지 『문파문학』 시 부분 신인상 당선 등단, 한국문인협회 회원, 한국문인협회 용인지부회원, 2013년 용인문인협회 공로상수상, 문파문학 감사, 시계문학회 부회장. 저서 : 공저 「가울 햇살 폭포처럼 쏟아지는데」, 「2011 문파대표 시선52」 외 다수

깊은 밤

아득한 침묵
폐부를 휘젓는 달빛

밖으로 나오려는 말
울대 안으로 밀어 넣고 가슴앓이 한다

절절한 눈빛
무릎 꿇고 두 손 모았다

말 잔등에 찍힌 화인처럼
지울 수 없는 그리움-

깊은 밤,
성근 달빛 따라 긴 여행을 한다

그대 1

커피 한잔에 녹아 있는 이 달달함
그대라는 이름으로 늘 내 곁에 있어
지구촌을 구경 다니는
솜사탕 같은 가을하늘 구름입니다

그대가 있어 행복 합니다

먹먹한 가슴의 체증 내려 앉힌 눈빛
황사바람의 갈증도 멈추게 하는-
그대여-
사랑한다 말하지 못해도
내 마음 아시지요?

그대 2

핸드폰의 단축번호, 지그시 눌러 봅니다
뇌파로 전해지는 소리
"통화할 수 없는 번호입니다"
북풍 불어와 서걱 거리는 가슴
운무에 둥둥 떠다니는 한마디-
보고 싶다

그대가 그리운 밤엔
너덜너덜해진 속내
고장 난 테이프처럼 반복되는 말
그 말 밖에 할 수 없는-
사랑한다는 말보다 더 짠-한 한 마디
보,고,싶,다

하늘공원

건강을 위해 오르거나
낭만을 위해 오르거나 하는
이백팔십다섯, 지그재그 나무 계단
오르면 하늘공원이 있다

갈바람에 몸을 맡긴 코스모스의 춤사위
억새풀 사잇길 울긋불긋한 새 집들
그 곳에 살지 못하는
으악새 울음 토해내고 있다

머물지 못하는 바람의 놀이터
우리 엄마 하얀 머리결 같은
억새꽃 나폴 나폴-
가을, 깊어간다

억새밭 끝에 맞닿은 하늘-
그리운 얼굴들
두둥실-
떠 있다

오늘도 ~ing

수평선에 이는 바람
가실볕에 겹쳐지는 포말
너울 따라 춤추는 나신裸身
쓰레질에 활짝 웃는 갯바위

사과꽃잎처럼–
메밀꽃잎처럼–
하얗게 부서지는 포말
너울에 몸을 맡긴다

가을부채 다락에 올려놓고
꽃무늬가방을 매고
진동걸음으로 집을 나선다

오늘도 ~ing

박진호

·

시란 삶의 의미를 찾는 과정이라 생각합니다

시

음악

분수 2

어둠을 만날 때

뿌리가 지나온 길

대한민국 독립 만세

한국문인협회회원, 문파문학회 감사, 시계문학회회원, 동국문인회원

음악

바람의 끝에는 붓이 있어 그림의 향이 울린다 비워 내지 못하는 속물의 역한 향을 씻어 주듯이 차분한 한 마디 흐름마다 쟈스민 향이 배어 있다 쟈스민 향이 그려가는 자국마다 흥겨움이 있다 흥겨움의 어깨춤 뒤에 오는 완성된 그림자는 영혼 안에 명품으로 가득 찬 충만감으로 보인다 어제 오늘의 그 모든 순간 속 만들어가야 할 것 잊어버린 추억의 안타까움 마저 한 선율이 되어 마음속을 채워주는 뿌듯한 안정감으로

이 순간 해야 할 내일의 희망이 들려 온다 바람의 오현 위의 콩나물들을 튕겨보다 보면 채움과 비움의 울림으로 영혼은 배부르다 소중한 순간의 간절함을 이해하는 듯이

분수 2

미네르바 여신의 춤사위
큐피드의 화살은 무지개 빛살에 꺾여
땅에 꽂히어 피어나는 물안개
몽롱한 꿈길을 항해하는
비너스와 물의 요정처럼
어머니와 아이들의 어울림에
반응하는 물의 퍼포먼스

어둠을 만날 때

잠 못 이루는 어둔 밤
사막을 건너야 하는 순간이 올 때

흔적은 볼 수 없다
휩쓸려 가는 어지러운 시간

별빛 따라 모래 언덕 넘는
갈증의 황량함

그럼에도
별빛을 품는 온정에 한 걸음씩 간다

뿌리가 지나온 길

안 보이더라도
생존의 족보에서
포기 안 하는
산삼뿌리처럼
맺혀지는
시간의 매듭

대한민국 독립 만세

국립 현충원을 걸으며 감사한다
어쩌면 위임통치로
일본에 귀속되었을지 모르는 역사
김상옥 의사
서울 거사를 위해 귀국
순국의 길을 걸어
의열단의 귀감이 되었다
김구 조소앙 선생을 따른
의열단원들은
손문 · 장개석의 무관학교 출신이 많다
김구 조소앙 선생의 용단이
장개석의 카이로 선언 한국독립 주도로
광복된 소중한 대한민국
의병, 독립군, 의열단, 광복군의 희생
장장 51년의 투쟁
삼십만 이상의 희생이 가져온
35년만의 독립
대한 독립 만세!!

김복순

시는 마음을 여는 통로다
나이는 뒤로 하고
펜을 만나게 길을 열어주며
칼라와 하얀 종이 위에
마음을 적는다
하늘을 도화지 삼아
자연을 그리며
꿈을 키워가게 한다

시

하늘비

고향을 떠나간다

너를 만나기 위해

말 없는 그대여

당신의 포즈

충남 천안 출생, 『문파문학』 시 부분 신인상 당선 등단, 문파문학회, 시계문학회 회원
공저 : 「순간」, 「가을 햇살 폭포처럼 쏟아지는데」 외 다수

하늘비

너의 눈물이더냐

보슬 보슬 내리는 빗방울 두 뺨을 적신다
마음이 뭉클
너를 생각하게 한다

너에게
기쁨이 되기보다
아픔을 더 주었던 나는
안타까움에 눈망울 맺힌다

하늘 길 떠나 흘린 눈물
나에 대한
너의
원망의 눈물이냐
용서의 눈물이냐
위로의 눈물이냐

그때는 왜 그랬을까 돌아서면

후회하면서

나의 아픔만이 생각했던 난
너 돌아보지 않고 따뜻한 말 한마디 못해주며
화만 내었지

고향을 떠나간다

할아버지 할머니
아저씨 아주머니
처녀 총각 어울려 고추 담배 심고

모내기 때는 홍겨운 노래 가락으로
두레 모로 내기 시합을 한다

양쪽에서 모줄 잡으신 어른신들
어이 어이 소리 내며 줄을 넘기면
논 흙탕물이 온몸에 튀어도
들녘에서 엉기 덩기 모여
웃음 한마당
새참 점심 시간은 이야기 꺼리도 많다

처녀 총각 시집 가는 날
어르신들 회갑날은 동네잔치 열리는 날
왁자지껄 재미있었다

세월은 소리 없이 찾아와 추억으로 남겨주고

한 사람 한 사람 떠나게 하고
푸르름도 깎이고
기와집 초가집도 사라지게 한다

아궁이 불빛 굴뚝 타고 올라가
하얀 연기 뿜어내어 뭉개구름 만들며

비 온 뒤엔 먹구름 걷히면
파아란 하늘이 보이고
오색찬란한 무지개가 예쁘게 그려졌는데

세월은 고향의 향수를 다 가지고 떠나간다

너를 만나기 위해

고향 찾아 갔건만
옛 모습은 사라지고 있었다

아름다운 푸르른 숲으로 울타리 되어주며
봄 여름 가을 겨울 철따라 색동옷 갈아입고
새들의 다람쥐 산토끼 모두가 친구가 되어준다

농부들의 구성진 노래 가락에 맞추면
논밭 갈던 소들도 춤을 추며
사계절 시작을 알린다

할아버지 할머니
아저씨 아주머니
총각 처녀 웃음소리 왁자지껄
아가들 울음소리

아이들 보재기 책가방 만들어
어깨춤에
허리춤에 메고 오솔길 따라

산넘고 냇가에 징검다리 깡충 깡충 뛰었지

산골짝에 다람쥐
아기다람쥐……
노래하며 학교를 가고

바둑이 꼬리 치며 멍멍
꼬꼬닭 푸드득 날개치며 따라나섰다

정겹기만하던 고향은 시대 흐름에
사라지고

모두 모두 다 떠나갔다

말 없는 그대여

한숨만 내지 말고
마음을 열어 보아요

아니야 아무 일도 아냐
고개 저으며 환한 모습 보이려 했지만
무심결에 비친
그대 모습은

넓은 평야에 밀대가 바람에 흔들리듯
수심에 찬 그늘진 모습은
먹구름을 몰고 오네요

어찌 그대 모습을 감추려고만 하나요
둘이 한몸 이룬
우리 사랑인데
무엇을 망설이나요

무거운 짐 함께하면 가벼워지잖아요

당신의 포즈

멋진
동영상을 보면서
꿈같은 세월 새삼 돌이켜 보네요

우리의 만남이 사랑으로 싹틔워
흙으로 다져지고

머리발에 백합으로 물들여 놓고
햇볕에 그을린 검붉은 얼굴
이마엔 굵은 물결이 춤을 추며
미간에는 갈매기가 날아다니네요

밀짚모자 쓰고 소몰며
논밭 갈던 모습은
이제는 흘러 흘러 추억으로 남기고

세월은 새로운 세상에서 살며
멋진 신사로 살아가게 하며
미소를 보내 주네요

당신의 사랑을 다시 새겨보게 하네요

손거울

•

내 문학은 기억 저 편의 아련한 꿈 속에 있다. 그 꿈을 딛고 나는 조금씩 날개를 펴 날아 오르고 빛으로 반짝이는 창작이라는 무한의 세계와 손을 잡고 있다.

수필

고무신 도둑

인체 내구연한

잔소리

경북 경산출신, 문파문학 수필부문 신인상 당선 등단, 대경대교수, 한양대 겸임교수
문파문학 운영이사, 시계문학회 회원
수상: 제 3회 시계문학상, 저서: 수필집「울 엄마 치마끈」

고무신 도둑

집 문간에는 진청색 고무신 두 켤레가 가지런히 놓여 있다. 집사람과 나의 것이다. 여름 한철 텃밭에 나갈 때마다 쉽게 신기 위하여 장만해 두었다. 텃밭 시중을 들며 귀한 몸이던 것이 콧등에 흙을 바른 채 겨우내 찬밥 신세다. 겨울철에는 운동화에 서열이 밀리며 현관 한쪽에 초라하게 지키고 있는 고무신을 바라보다 문득 오래 묵은 사건 하나가 나를 사로잡는다. 막내로 귀여움도 받았지만 옷을 비롯하여 심지어 학용품까지 모든 것은 형들로부터 물려받은 헌 것으로 지겹도록 사용할 수밖에 없었다. 그런데 단 한 가지는 새것으로 내 것이 된 것은 고무신이다. 초등학교 6년을 꼬박 신고 다니던 고무신, 나의 가장 귀중한 동반자이다.

고무신도 격이 있었다. 엄마 아버지는 흰 고무신이었고 우리형제들은 다 같이 검정 고무신이었고 전교생 모두 검정 고무신이다. 검정 고무신도 두 가지인데 자동차 타이어 색깔이 나는 까만 고무신과 좀 붉은 색이 나는 고무신이다. 엄마는 새까만 고무신은 탄력성이 없어 발이 아프다고 하셨다. 당시 브랜드 생산품인 생고무가 섞인 붉은 색을 약간 띤 탄력성이 있는 것으로 사주셨다. 잘 모르긴 해도 새까만 것은 좀 더 싼 것으로 기억된다. 누나가 있는 친구는 뜨개질로 양말을 바쳐 신고 다녔지만 위로 3명이 모두 형인 나는 좀처럼 양말은 신지 못했다. 고무신은 발을 보호하는 처음이요 마지막 보호대였다.

검정고무신을 새로 사주시는 날만은 시장에 엄마 따라 갈 수 있는 특권이 주어진다. 새 신을 사주시면 이불 밑에 꼭 껴안고 자곤 했다. 6.25 사변 발발한 4학년 즈음 엄마가 사준 설빔 새 고무신을 신고 학교 간 날이었다. 그 날은 마침 졸업식 예행연습을 하는 날로 전교생 800여 명이 강당에 모였다. 나는 새 신에 신경이 쓰였지만 어쩔 수 없이 모양도 색깔도 전부 비슷한 신발을 칸막이가 없는 신장에다 줄지어 넣어두고 연습장에 들어갔다. 강당이 비좁아 키가 제일 작은 나는 의자도 없이 제일 앞자리에 앉았다. 연습을 마치고 나와 신발장에 가보니 아니나 다를까 내가 넣어둔 신발이 감쪽같이 없어 졌다.

눈앞이 캄캄하다. 학생들이 다 나가기를 기다려 보았지만 내 신발은 없고 다 떨어진 새까만 고무신 한 켤레가 전부다. 이 고무신은 내가 시장 갔을 때 산더미처럼 쌓아두고 골라 파는 브랜드가 없는 불량품 같이 보였다. 내 신보다는 한 수 아래 신이다. 어쩔 수 없이 끌고 오는데 신발이 내발에 적응하지 못하고 따로 덜렁 거릴 때마다 눈물을 머금고 집에 왔다. 사실이 밝혀지면 동정은커녕 형들에게 혼날 것이 걱정되었다. 헌신을 마루 밑에 살짝 감춰두고 이불을 뒤집어쓴 채 신발을 찾아야겠다는 궁리로 한밤을 새웠다.

졸업식 날이었다. 오로지 내 신을 찾겠다는 작전으로 내 둔한 머리를 회전하면서 학교에 일찍 갔다. 그 고무신이 어떤 신발인데 내가 잊어버린단 말인가. 곡식을 무겁게 머리에 이고 먼 길 가서 사주신 건데, 엄마는 한 푼이라도 더 싸게 사시려고 몇 개 가게를 둘러보고 에누리

해서 사주신건데, 한 달도 안되어 잊어버린단 말인가. 내가 얼마나 좋아한 것인데 내 것을 훔쳐 가다니 분노가 치민다. 그러나 고무신은 특징이 없다. 다 까만 고무신이다. 다만 내 고무신은 메이커가 분명한 왕자 표 고무신일 뿐이다.

일찍 강당으로 가서 내 고무신이 발견되기를 기다려 본다. 고양이가 쥐 잡는 눈으로 찾아보았으나 알 수 없다. 강당이라고 해도 교실 두 개를 터서 사용하는 강당이라 800명이 앉아서 졸업식을 거행하므로 실내는 빽빽하다. 키대로 제일 앞줄에 가면 식을 마치고 나올 때는 제일 늦게 나오게 된다. 그렇게 되면 모두 다 가고 난 후 내신은 찾을 수 없을 것으로 판단했다. 화장실에 가서 한참 기다려 거의 입장이 끝날 무렵 신장을 다시 한 번 돌아보았다. 그곳에 확실한 내 것이 보였다. 아니 내 것과 똑같은 고무신이 한쪽 구석에 놓여 있었다. 눈에 불꽃이 튀는 듯 반가웠다.

가슴이 뛰기 시작했다. 누가 벗어 놓았는지는 알 수 없다. 왕자표가 분명하다. 문수도 내게 꼭 맞아 보인다. 그러나 이것이 내 것이라고 증명하기는 불충분하다. 이름을 써놓지도 않았고 어떤 표식도 없다. 내가 앉을 위치를 벗어나 조용히 뒷자리에 앉아 고민했다. '어떻게 해야 내가 다시 찾을 수 있을까?' 강단에서 진행되는 행사에는 아무 관심이 없다. 식의 마지막 졸업가가 한목소리로 떠나갈듯 울려 퍼지고 졸업생 형들의 2절 "잘 있거라 아우들아 정든 교실아 선생님 저희들은 물러갑니다." 이 소절에 누나들은 소리 내어 울기 시작한다. 이쯤

되면 평소 나도 울컥 했는데 나는 고개 숙이고 고무신 찾을 방법만으로 머리가 아플 지경이다. 한 방법이 떠올랐다. 이 방법밖에 없다고 결론에 도달했다. 조그만 아랫입술을 지긋이 물었다.

먼저 뛰어 나갔다. 누가 뭐라고 하면 내신이라고 우기는 수밖에 없다고 까지 각오했다. 신발을 집는 손이 떨렸다. 나는 다시 위로했다. '이건 내 고무신이야. 엄마가 사주신 내거야' 속으로 위로하며 신는다. 내발에 꼭 맞다. 그렇다고 어째서 내 것이라고 증명하기는 부족하다. 신고 줄행랑 쳤다. 당시는 잘 달리면 손기정이라 했다. 교문을 뛰어나가 손기정 선수처럼 집으로 달렸다. 도둑이 제 발이 저린다고 뒤를 힐끔 힐끔 돌아보며 누가 따라 오는지 확인했다. 근 십리를 뛰어 집 가까이 도착했을 때 등 뒤에는 식은땀이 주르르 흘렀다. 봄을 맞는 파란 하늘에는 솔개 한 마리가 조용한 마을 하늘을 원을 거리며 날고 있었다.

60년이 지난 이야기지만 며칠 전 일처럼 느껴진다. 고무신 모양은 지금과 별로 바뀐 것이 없다. '내 신 내가 찾아 온 건데 무슨 소리냐?'고 위로 하다가 '혹시 내 것이 아니고 엉뚱한 친구 신을 훔친 내가 도둑질 한 것이 아닐까?' 생각할수록 미궁에 빠진다. 극단적인 상황에서 이성적인 판단보다는 감정에 사로잡히게 된다. 이로 인하여 이기적인 결론을 내릴 수도 있다. 나도 도둑이 될 수도 있다. 매우 오래된 사건이지만 혹시 내가 도둑일지 모른다. 내가 도둑이라면 하나님께 정중히 사죄드리고 싶다. 하나님 용서하세요. 판단 잘못으로 저지른 어설

픈 이 늙은 신발 도둑을!

2014.02.10

인체 내구연한

내구연한耐久年限은 좁은 의미로 예상 사용가능기간이라고 하고 싶다. 세상 만물은 다 같이 내구연한을 가진다. 비록 인간이 몰라서 정하지 못했다 하더라도 나름의 내구연한은 갖고 있다고 볼 수 있다. 심지어 작은 도구 하나도 예상사용가능기간은 있을 수 있다. 생물에게는 내구연한을 예상 수명으로 본다면 무리겠지만 수명은 누구를 만나느냐에 따라 내구연한이 확연히 달라진다고 본다. 따라서 사람은 개인이 갖고 있고 신체 부위별로도 구분해서 생각해 본다면 그 내구연한은 소유주에 따라 천차만별이겠다.

지난주 KBS 아침에 방송한 '인간극장'을 흥미롭게 보았다. 이름 하여 〈내 아들 상길이〉라는 제목의 5부작이다. 104세나 된 노모와 사고로 약간의 장애를 가진 69세 된 혼자 사는 상길이란 아들이 함께 살아가는 일상생활인데도 내 마음에 조용한 감동을 주기에 넉넉했다. 104세란 보통 사람으로 상상할 수 없는 연세인데도 불구하고 정정한 모습에 감탄하였다. 그렇게 깨끗하고 정갈하며 평화스러운 노모의 모습에서 나 자신을 돌아볼 수 있는 시간을 가졌다. 언뜻 보면 마더 데레사를 연상케 하는 훤한 얼굴을 한 그 모습은 성자처럼 보인다. 그분의 모든 신체 부위는 최고로 건강한 내구연한을 누리고 있는 것 같다.

노모는 무리한 행동을 하지 않는다. 그 연세에 잠시도 놀지 않으며 움직여 일을 한다. 안경 없이 바늘구멍을 꿰어 이불을 꾸미고 쌀을 씻어 밥을 하고 밥상 차려 아들과 밥을 드시고 늘 방을 쓸고 닦으며 아들을 돌본다. 얼굴은 늘 평안하며 불평이라고는 조금도 찾아 볼 수 없다. 아들이 보이지 않으면 "상길아" 하고 찾을 때 자세히 관찰해보니 세 번. 네 번을 부르는데 톤이 똑같다. 조금도 흥분하거나 조급하지 않다. 그런 생활 속에서 신체 모든 부위는 흔들림 없이 자기역할을 다할 수 있지 않을까? 생각이 든다.

겨우 70세가 넘은 나는 벌써 많은 부위가 망가지고 있다. 이빨은 내가 하나님으로부터 받은 것은 몇 개 남지 않았다. 인플란트부터 덮어 쐬우기 등으로 근 반수가 도배되어 있다. 눈은 백내장이란 수술을 받았다. 내장 하나가 잘렸다. 부모님으로부터 받은 건강한 몸을 쓰는 나의 잘못으로 쉬이 망가지게 한 것은 순전이 나의 잘못이라고밖에 할 수 없다. 나의 장기는 평화를 누리지 못한 것 같다. 때로는 남을 원망하기도 하고 남의 말에 민감하게 반응하여 장기를 괴롭혔다.

공항에 가면 가끔 끽연실 앞을 지나게 된다. 멀쩡한 사람들이 담배를 끊지 못하고 밀폐 된 공간에서 연기를 뿜고 있는 모습은 처량해 보인다. 주위의 권유가 얼마나 많았으며 다른 사람으로부터 얼마나 많은 핀잔을 받았으랴? 니코틴에 찌들은 장기들은 또 얼마나 아우성이었을까? 그럼에도 불구하고 젖어버린 습관을 뿌리치지 못해 무슨 죄인처럼 작은 공간에서 그 독한 연기를 피우고 또 마시고 있는 사람들은 보면 딱하다. 그 가족들이 얼마나 애태우고 있을까?

남 이야기 할 때가 아니다. 나도 심혈관 문제로 곧 입원하여 시술

받기로 되어 있다. 심혈관 질환은 하루 이틀에 생긴 병이 아니다. 상수도에 작은 찌꺼기가 쌓이기 시작하여 오랜 기간 축척된 결과라고 한다. 주로 식습관에서 온다고 하는데 무책임하게 먹어온 식생활에 크다란 경종이다. 예전에 의술이 발달되지 않을 때는 돌연사 병이라고 하여 갑자기 사망한단다. 차량에 비하면 가장 중요한 부품인 엔진과 같은 심장에 인공물을 집어넣는다고 하니 끔직하다. 나의 장기들이 주인을 잘못 만나 과 소모로 내구연한이 많이 축소되고 있다.

(몇 년 전 미주를 종단하던 중 캐나다 벤쿠버여행을 마치고 미국과 국경 가까운 곳 중국 식당에서 식사를 하였다. 좀 넓은 정원을 구경하던 중 정원 한쪽에 있는 허름한 차고 안을 들여다보고 깜작 놀랐다. 당시 근 30년이 가까워 되어가는 한국 현대 자동차 포니2가 정갈하게 앉아 있다. 국내에서는 박물관에서나 있을 법한 포니2가 거기 있었다. 그냥 있는 게 아니고 기름을 반질하게 바르고 눈망울이 반들거리며 금방이라도 외출할 준비가 된 것 같다. 하도 이상하여 주인에게 언제부터 소유하고 있는지와 지금도 운행하느냐고 물어 보았더니 묻는 내가 무색하게 되었다. 당신이 이상한 사람이라는 눈치로 27년 정도 되었고 물론 언제든지 동반하고 멀리도 간다고 한다. 일주일에 한번씩 왁스로 닦는다고 한다. 소유자가 누구냐에 따라 내구연한은 충분히 연장 될 수 있다고 느꼈다.)

70조나 되는 세포가 모여 한 인간을 이루고 이 세포는 한 일주일 정도 생존하고 맡은 사명을 다하고 사라진다고 한다. 세포 하나하나에 활력을 주는 것은 소유주 마음의 평안이 중요하다고 한다. 불안해야 할 일도 없고 걱정해야 할 일도 없는데도 안절부절하는 것 아닐까? 그로 인해 우리 신체 부위는 각종 신경을 자극하여 혹사하고 있다고 여긴다. 세상을 주관하는 구세주를 믿는 나는 모든 것을 그에게 맡기고 평안을 누리고 싶다. 104세 된 할머니처럼 모든 장기가 내구연한 잘 채우고 부르시는 그날까지

2014.02.26

수필 잔소리

정말 유난히 지루한 올 장마 속에 병원으로 검진 받으러 가는 집사람의 대리운전(?)을 자청했다. 오가는 길 합하여 약 두 시간 남짓한 길이다. 차를 돌려 산길을 내려오는데 길이 많이 파였다. 조심해서 운전대를 잡는데 "빗길 조심 하시오" 한다. 비가 오고 있고 비로 파인 길 조심하지 않고 운전할 사람 누가 있나? 다 아는 사실인데도 조심하란다. 골짝에서 내려오는데 길이 파여 조심했지만 승용차 바닥이 낮아 덜컹한다. "조심하여 운전하지 않고" 짜증 섞인 잔소리다. 경력 30년에 무사고 운전수다. 맡겨두고 보고만 있어도 될 텐데 연속하여 잔소리다. 조금만 속도를 내어도 교통 표지판보다 빠르면 잔소리다. 속도 메타를 운전수인 나보다 더 자세히 보나보다. 별로 흥미없는 아내의 잔소리다. 빗방울이 점점 세어진다. 잔소리가 섞여 더 굵어지나 보다.

잔소리란 무엇일까? 쓸데없는 소리이겠지. 쓸데없는 소리 중에서도 상대방을 귀찮게 하는 말이다. 바가지 형 잔소리와 질책 형 잔소리는 듣는 사람이 괴로울 지경이다. 어릴 적에도 잔소리를 들으며 자랐다. 그러나 엄마의 잔소리는 듣기 싫지 않았다. 잔소리로 여기지 않았으니 잔소리가 아니고 멘토형 당부로 여겼다. 엄마 잔소리를 듣고 어린 나는 바르게 자라려고 애썼다. 그런데 지금 내가 듣고 있는 잔소리는 귀찮은 잔소리로만 들린다. 말은 씨라고 한다. 즉 감정의 뿌리이다. 잔소리를 하는 사람은 별 생각이 없는 것 같다. 문제는 듣는 자의 몫이다. 엄마 잔소리처럼 그렇게 들리지 않는다는 것이다.

종종 부엌 설거지를 돕는다. 개수대 앞에선 나보다 의자에 앉아 있는 사람이 설거지 할 내용을 더 잘 안다. 나는 세제 사용을 싫어한다. 세제가 하수를 통하여 하천이 오염되고 다시 그것이 공해가 되어 우리에게 돌아온다고 생각하니 무섭게 느껴지기 때문이다. 기름기가 묻은 그릇은 어쩔 수 없이 세제를 써야 하지만 그 외에는 세제사용을 배제한다. 어떤 그릇은 세제를 사용해야 할지 애매한 것도 있다. 그럴 경우 영락없이 잔소리 신호가 온다. 세제로 닦아야 한다고 잔소리 신호다. 이런 잔소리를 들을 때는 하던 일을 팽개치고 싶을 때가 있지만 참고 넘어간다.

외출할 때는 복장 검사를 받는다. 요즈음은 출근이 없으니까 대충넘어 가기도 하지만 잔소리를 듣는 때도 있다. 출근 때는 와이셔츠와넥타이가 주로 지적 대상이었다. 나도 색감을 알고 좋아하는 것이 있는데도 굳이 다른 것을 주장할 때가 많았다. 마음이 놓이지 않는 모양이다. 지금은 지적 대상이 아래로 내려와 와이셔츠 밑자락이 단정히바지에 끼워지지 않았다는 지적이 많아 졌다. 그리고 키가 줄었는지바지가랑이 끝이 바닥에 끌린다는 지적이 잦아졌다. 힘껏 추슬러 올려도 별 차이 없이 바지 밑자락이 바닥을 쓸고 다닌다. 나이 들면 키가줄어든다는데 때가 되어 가는 듯하여 잔소리보다 더 서럽다.

가장 힘 드는 잔소리는 역시 차 운전 중이다. 운전은 언제나 신경이 곤두 세워진다. 오디오를 듣고 있지만 운전대에 온 신경을 쓰지 않으면 안 되는 시간이다. 주로 속도의 지적이다. 운전자가 알아서 교통 물결에 보조를 맞추어야 하는 데 집사람은 교통 표지판에 지정된 속도를 주장한다. 도로공사중인 차량이 앞을 가로 막을 때나, 사고 차량이 발견되면 나름의 응급조치를 취하고 있는데도 "차선" 하고 고함 칠 때는 내가 놀란다. 외국속담에도 'Backseat drive(뒷자석 운전) 하는 여자와는 결혼하지 말라'는 말이 있다. 운전자가 운전할 때는 아무에게도 간섭 받지 않고 운전하고 싶은 것이 바람이란 것을 알았으면 좋겠다. 잔소리가 신경을 자극하기 때문이다.

나이 들어가면서 의지할 곳은 부부밖에 또 있으랴? 우리는 서로 존중하고 감싸 주어야 할 대상이다. 우뇌가 발달한 여성은 여성 호르몬인 에스트로겐의 분비가 활발하여 포용하고 대화하려는 욕구를 자극하여 잔소리를 하게 된다고 한다. 반면 좌뇌가 발달하여 논리적인 남성은 남성 호르몬 테스토스테론의 분비가 왕성하여 직선적인 사고가 우세하다고 한다. 남성이 직선형이라면 여성은 원형의 사고로써 서로 만나는 점의 각도가 정확하지 않나 보다. 그러니까 남성은 운명적으로 잔소리를 들으며 살아야 하나보다.

잔소리가 위험한 것은 나를 포함한 남성들도 나이가 들면서 남성 호르몬이 줄어들고 여성호르몬분비가 증가하여 식구들에게 잔소리를 하는 쫌생이들이 더러 있다고 한다. 이런 간 큰 남성은 밥 얻어먹기도 힘들게 될까 걱정이다. 잔소리도 듣는 내가 각성하여 엄마의 당부처럼 긍정적으로 들을 수는 없을까? 잘 들어 보면 집사람의 잔소리가 틀린 이야기는 아니다. 다만 하지 않아도 될 수 있다고 생각하기에 쓸데없는 소리로 들릴 뿐이다. 피할 수 없이 들어야 한다면 잘 새겨듣는 연습을 하며 살아야겠다. 잔소리가 큰소리가 되지 않게 조용히 듣고 빙그레 웃을 수 있을 때까지 속을 비우고 또 비워야겠다. 잔소리하는 사람이 같이 있다는 것에 위로를 받는다. 아내의 얼굴 드리워진 주름이 오늘 따라 애처로워 보인다.

2013.07.30

최완순

문화와 세월의 흐름에 순응하며
글쓰기를 갈망한다.

수필

그대가 있기에 세상은 아름다워

문화를 접하고 나를 알고

누구나 가야 하는 곳

안양대학교 국어국문학과 졸업, 한국 문인협회 회원, 한국수필가협회 회원
문파문학회 운영이사, 시계문학회 회원,
수상 : 제 3회 시계문학상. 저서 : 수필집 「두릅 순 향기, 일곱 살 아이」(2012), 「꽃 삽에 담긴 이야기」(2014)

그대가 있기에 세상은 아름다워

독일 뉴론 박물관에 가면 알버트 뒤러의 「기도 하는 손」 그림이 걸려 있다. 친구의 기도하는 거친 손을 그려 유명한 그림이다. 손이 나타내는 희생과 사랑과 우정을 한 장의 그림으로 표현한 위대함이 들어 있는 작품이다. 손 그림을 보며 손이 수고한 숭고한 희생은 몸의 일부분으로만 생각하기에는 깊은 뜻이 있는 것을 암시받는다. 손은 소리 없이 역사를 바꾸는 기록의 장을 열기도 하고, 물욕의 도구로 쓰기도 하고, 애환을 담아 인생살이를 다듬어 간다. 만나고 헤어지는 자리에서도 손은 사랑을, 그리움을, 기다림을, 잡고 있다. 손은 움직일 때마다 능력을 보여 준다. 손은 혈맥을 가름한다. 손이 머물고 간 자리는 깨끗이 가꾸어져 있어 아름답다.

태초에 손이 손의 일을 하지 않고 발처럼 쓰여졌다면 세상을 짐승처럼 기어서 다녀야 했을 것이다. 손이 없었다면 짐승과 다른 것이 없다. 짐승은 사람처럼 먹고 잠자고 일하며 새끼를 낳아 키우지만 사람과 달리 생각할 수 있는 깊은 사고능력이 없고 손으로 하는 일들을 할 수 없다. 진화된 동물이 발을 손처럼 사용하는 경우도 있지만 사람의 손이 하는 의미와는 다르다. 사람이 만물을 다스리는 것은 손을 가지고 태어난 일손이 있어 우주의 주인이 되는 것이다. 손은 인간에게만 주어진 삶의 도구다. 손은 권리가 있고 능력이 있고 아픔이 있고 사랑의 손길이 있어 세상을 아름답게 가꾸며 살아간다.

팔만대장경의 아름다움은 인간의 능력으로 만들었다 하기에는 정교하고 광대하여 신의 작품처럼 존귀하게 보존되고 있다. 부처님의 가르치심을 목판에 세겨 넣은 고려시대 불교문화의 결정체다. 팔만대장경의 길이는 개당 78㎝이고 폭 24㎝ 두께 3.0㎝범위며 목판경이 팔만장이 넘는다. 대장경이 탄생하기까지는 사람의 지혜와 손의 움직임을 통해서 불굴의 작품을 만들어진 것이다. 생각을 하고 계획을 가지고 일을 해도 손이 움직일 수 없었다면 이러한 문화유산이 존재할 수 없다. 위대함은 인간의 두뇌가 생각을 하고 손이 작업을 하여 몇 백 년 역사를 한눈으로 평가하고 그 시대를 고찰하게 한다. 손의 숨어 하는 공로가 역사의 유물을 남기고 세상을 아름답게 하고 사람의 마음을 울린다.

손에 쥐어진 펜의 위력은 사회가 흔들거리기도 하고 가정이 파괴되기도 한다. 손은 심부름꾼처럼 몸에 붙어 있다고 생각하지만 손의 기능은 머리와 마음과 동일시 움직이고 있다. 손의 역할은 나라의 운명도 바꾸는 일을 한다. 훌륭한 정치를 약속하는 정치가들을 향해 한 표의 권리를 찾아 그들의 승패를 결정해준다. 법정 앞에서 가정을 버리려는 남녀에게 손이 해야 할 일이 결과를 만든다. 눈물인지 평화인지 선택하는 순간도 손은 말없이 몸의 명령에 따라 움직이지만 손은 세상을 바꾸고 가정을 바꾸는 위험을 담고 있다. 모든 행위는 손으로 이루어지고 결과는 사람의 머리로 돌아가는 칭송도 손은 조용히 작성해 주는 겸손을 보이고 있다. 때문에 손이 있기에 세상은 아름다움으로 이끌어 갈 수 있는 모티브를 찾는 것이다.

지하철 입구에서 노인이 허름한 옷을 겹겹으로 입고 앉아 파를 다듬고 있다. 손톱에는 흙이 끼어 있어 더 거칠게 보이는 손이다. 손님이 파를 산다. 손끝에 매달리는 고달픔이 가죽처럼 검어진 손등에서 우르르 내려와 길을 가던 행인의 손에 들린 파 값을 받아 든다. 돈을 세는 노인의 얼굴에 조용한 미소는 각박했던 삶을 말해준다. 노인은 손으로 하는 노동으로 한 생을 살았다. 누구나 손은 일을 해야만 한다. 지하철 입구에서 행상을 하는 노인의 거친 손을 누구나 한 번쯤은 기억할 것이다. 노인의 하루가 마감하는 순간까지 손은 그렇게 일을 해야 한다. 그 손으로 몇 사람의 몸에 혈맥을 공급하고 있는지 의식 없이 지나치지만 할머니의 일손이 있어 누구인가 살아가고 가정을 아름답게 이끌 수 있다.

손의 보편적인 이야기만을 했지만 손을 놓고 생각해보면 손은 마음의 길이다. 내 마음에서 이루어진 결과를 손이 밖으로 표출해주는 역할을 가지고 일생을 마친다. 베스트셀러가 된 소설이 손이 없었다면 생각을 옮기어 놓지 못하고 머릿속에서 사장되어 버렸을 것이다. 알버트 뒤러의 「기도하는 손」 그림이 후대에까지 사랑을 보여 주고, 희생을 보여 주고, 겸손을 나타내고 있는 감동도 손의 수고 없이는 남겨질 수 없는 아름다운 이야기다. 손은 세월의 흔적을 남기는 명작을 남긴 것이다. 손, 어떤 손은 태어나는 생명을 받는가 하면 죽은 사람에게 장의를 입히는 손도 있다. 손, 인생을 빛내 주는 일들만을 시킬 수 있다면 세상은 아름다운 세상이 될 것이다.

문화를 접하고 나를 알고

시를 읽고, 쓰고 싶어 시집을 들여다본다. 시를 읽어 내려간다. 분명히 시는 시인데 알 수 없는 단어들이 관념의 날개를 달고 제멋대로 이리저리 움직인다. 나르는 글자를 붙잡아 제 자리에 놓고 뜻을 꿰어 맞추어도 내 시상은 형체를 세우지 못하고 사라진다. 단어는 단어대로 문장은 문장대로 의미를 명백히 제시하지 못한 채 내 머릿속에서 곤두박질치다 책 속으로 도로 들어간다. 한숨을 몰아쉰다. 시인의 꿈을 포기하지 못하고 다시 책장을 넘긴다.

시어가 떠오르지 않아 시를 쓸 수 없으면 시인의 시어를 내 것으로 만들어 시의 창문을 열어 보자고 사고의 상념에 빠져 본다. 그러나 시가 가지고 있는 독창성은 작가의 철학과 사고가 배어 있는 시어가 시의 진면목을 드러낼 수 있다는 생각에 다시금 허공을 응시한다. 오픈되어진 시는 누구의 시든 하나뿐인 시인의 마음이 담긴 절대적 시상으로 존재하기에 소중하다고 말한다. 세상에는 똑같은 시가 존재할 수 없는 소중한 영감이라는 것이다. 시에는 틀에 맞추어진 이론이 있는 것이 아닌데 고정관념의 굴레를 벗어나지 못하고 있다. 지금 나는 내 정서를 깨지 못하고 시대를 벗어나지 못하고 환골탈태의 기로에 서있다.

젊어서는 생각조차 할 수 없던 언어들이 수면 위에 뛰어오르는 물고기 만큼이나 생동감 넘치는 표현으로 다가온다. 이해할 수 없는 언어의 감각과 운율의 변함은 시집 속에만 존재하는 것이 아니다. 음악 속에도 존재하고 미술, 그리고 모든 문화 속에 있다. 예술의 장르마다 옛것은 현대문화에 밀리고 있는 느낌이다. 기획을 고전에 맞추어 연출을 하지 않는다면 옛것은 사라져 가고 있는 추세다. 고전에 젖어있던 나는 현대문화를 이해하고 따라잡기 힘든 부분이 많아졌다. 함께 살아가고 있었는데 나는 다른 곳에 살았던 것처럼 젊은이들의 행동과 생각이 경이로워질 때가 많다. 나도 현대에 맞게 변할 수 있는 모티프를 찾아야 한다.

세상이 변하면 산천초목만이 변하는 것은 아니다. 우리의 문화가 달라지고 정서가 변하고 사람의 외모까지도 변했다. 의상은 말할 것도 없다. 70년대 초반에 가수 윤복희씨가 미니스커트를 입고 나와 세상을 현란하게 흔들어 놓은 노출된 허벅지는 수줍음에 가려진 충격이었다. 지금의 의상은 오픈되어진 관능과 자유가 함축된 리얼리티이다. 여름에는 여름옷을 입고 겨울에는 겨울옷을 입어야 하는 체온마저도 달라지고 있다. 때문에 서늘함을 느끼면 여름에도 재킷에 롱슈즈를 신고 다니는 서구적 의상이 눈에 띈다. 과거에도 간혹 눈총을 받는 이상한 옷차림이 있었지만 그것은 문화가 변해서 모두가 받아들인 의상은 아니었다. 충동적인 외모만큼 사람들이 요구하고 즐기는 시각도 문화도 변해 있다.

영웅도 시대의 흐름에 따라 살아야 한다고 말한 것처럼, 현시대의 변화 속에 김소월의 시 '진달래꽃'이 지니는 서정적인 시상만을 좋아하고, 젊은 시인의 시작법은 낯설게만 느껴진다면 공유할 수 있는 한 편의 시도 그려낼 수 없다. 내 안에 알고 있던 시 쓰는 작법이 변하고 운율이 변했다고 느껴진다면 시대의 흐름대로 현대시의 매력에 빠지 도록 노력해야 한다. 대중가요를 들어보아도 그렇다. 60년대의 가수 고복수씨의 '타향살이'는 고향을 잃은 실향민들의 마음을 더욱 서럽 게 만들며 그 때 그들의 가슴에 최고의 명곡으로 자리매김하고 있었 다. 지금의 아이들이 '타향살이'를 듣는다면 '뭐야!?' 라는, 탄성을 지 르는 아이들도 있을 것이다. 우리는 빨리 예술의 흐름을 읽고 합류해 야 한다.

시어나 노랫말의 격렬한 리듬 속에는 현시대를 풍미하는 자유가 뛰고 있다. 시집을 들고 문외한처럼 눈동자의 초점을 잃는다. 아이돌 의 노래소리를 들으며 귀머거리처럼 귀를 쫑긋댄다. 이 둘을 이해하 려는 몸짓은 문화와 내가 다른 감성 속에 살고 있었던 것을 깨닫는다. 빨리 그런 몸짓에 익숙해졌다면, 받아들이려고 노력했다면, 시집 속에 들어있는 묘령의 얼굴들과 빨리 친숙해지고 내 꿈의 길잡이가 되어 주었을 것이다. 이제와서 마른 낙엽소리 나는 육신 위에 짙푸른 물감 을 칠하려니 탈색되지 않는 정서가 나를 아프게 한다.

프랑스 파리에서 한류의 열풍이 뜨겁게 지구를 달구고 있다. SM엔 터테인먼트 소속 가수 '아이돌'이 예술의 도시 프랑스에서 그들을 매 료시키고 있다. 과거에는 파리에서의 공연은 힘들게, 소리없이 끝났지 만 지금은 가수 '아이돌'이 파리 사람들을 흥분시키고 전 세계를 열광하게 만들고 있다. 세계가 열광하는 아이들의 노랫말이 영어인지 중국말인지 알아들을 수 없지만 자꾸 들으면 그것은 분명히 우리나라말이다. 자세히 들으면 노래 말은 서정과 용기와 미래 지향적 꿈과 용서가 담겨져 격렬한 몸짓을 담고 춤을 추는 것이다. 시대는 이렇게 많이 변했다. 변한 문화 속에 옛 정서에 매달려 한 편의 시도 쓸 수 없으면 조용히 연필을 놓아야 한다.

시대의 정신세계가 요구하는 문학은 자존적인 독창성이다. 시대를 뛰어넘는 창조의 능력으로 예술의 혼을 살려 삶에 접목시키는 것이다. 때문에 시인이 만들어낸 시어는 현대 문명의 이기로부터 고독해진 우리들에게 샘 물같은 신선함을 던져 줄 수 있다. 문학, 음악, 미술, 무용, 모든 예술은 혼이 담긴 인간의 맑은 영혼을 보여 주는 카타르시스의 결정체다. 그러나 이론적으로 예술이 생성되는 과정은 누구나 할 수 있는 작업은 아닌 것은 분명하다. 그것은 타고난 예능성과 집착이 끄집어내는 열정이다. 시를 쓰는 작업은 영혼과의 은밀한 대화로 하얀 백지 위에 먹물 한 방울 번지는 의미를 그려야 하는 창작이어야 한다. 문화와 세월의 흐름에 순응하며 시를 갈망한다.

세대교체가 되어 돌아오는 문화는 낯설고 가는 문화는 그리워지는 길목에 살고 있다. 내가 서 있는 세대가 내가 밀어낸 내 부모님들의 자리였다. 세대가 밀리고 있는 현대예술기법은 시나, 미술이나, 음악이나 시대를 따라 사고의 흐름과 표현이 변한 것이 당연한 이치다. 때문에 내가 다시 밀리는 시대에 서있는 지금 나의 시상을 현대에 맞는 감각을 일깨워 보려 노력한다. 황폐해진 육신의 교류는 어쩔 수 없어도 정신적 교감은 예술 속에 합류하고 싶다. 한 편의 시를 잘 쓸 수 있으면 행복하겠다.

누구나 가야하는 곳

요즘은 젊은 부부가 아기를 갖고 싶어도 임신이 되지 않아 산부인 과를 찾는 횟수가 많아졌다고 한다. 인간의 의지대로 된다면 남녀의 몸과 몸이 사랑을 나누면 자연스럽게 임신이 되고 건강한 젊은이는 여러 명의 자녀를 생산할 수도 있다. 그러나 종교적 차원에서 보면 생명은 신의 축복이 있어야 모태에 자리 잡고 열 달의 기다림 끝에 성별을 띠고 출생된다고 믿는다. 누구나 태어날 때 내 의지대로 태어난 사람은 없다. 인간의 의지대로 태어나고, 인간의 의지대로 죽는다면 누가 죽음을 두려워하겠는가 죽고 사는 것도 신의 뜻에 생성되어지고 소멸된다고 믿는 것이 종교다. 인간은 신의 영역 안에서 미래를 설계하고 죽음의 두려움을 알게 된다. 그래서 신을 믿는 사람은 신이 제시한 영생을 바라보고 믿음 안에 죽어도 죽지 않을 천국을 향해 가는 것이다.

임신은 쉽게 되는 것 같지만 의학적으로 임신의 과정을 분석한 것을 보면 임신은 우리 의지가 아닌 신의 섭리라는 생각을 강하게 한다. 8억 마리의 정자 중에 한 마리만이 난자를 만나 자궁에 착상하여 세포분열을 해서 수정이 되야 임신이 된다고 한다. 이토록 오묘한 형상은 신의 의술만이 할 수 있는 창조의 힘이라고 생각하게 한다. 믿음은 신의 섭리로 태어난 생명에게 세상을 나그네로 살다가 본향집인 천국으로 영생하도록 이끌었다. 생명 뒤에는 반드시 죽음이 있고 죽음 뒤에는 보이지 않는 공간이 있다고 믿는 것이다. 그 세상은 영혼의 안식처로 어쩌면, 죽음보다 더 두려움을 주는 낙원으로 각인되어지기도 한다. 낙원인데 왜? 두려워해야 하는가? 믿음과 같은 형이상학적 공간이기 때문이다.

죽음은 땅속에 들어가면 영원히 빛을 볼 수 없는 단절된 침묵이다. 아무도 풀어 줄 수 없는 영혼의 단절, 그래서 사람들은 죽음을 두려워한다. 단절된 대화는 그리움도 욕망도 분노까지도 사람들로부터 잊혀진다. 곧 죽음은 소멸되는 것이다. 그래서 신은 영혼의 안식을 영생으로 언약하고 죽음의 공포에서 빠져나올 낙원을 제시해 놓았다. 종교가 없는 사람은 어디로 가는가? 그들에게도 진리가 있다. 한줌의 흙으로 섞어져 모든 희로애락을 내려놓고 영원히 쉬는 것이다. 그대로 잊혀져 안식을 찾는다고 생각한다. 영혼도 육체도 존재하지 않는 땅속에 매장되는 어둠으로 끝을 맺는다. 어쩌면 천국과 지옥이 있다고 막연하게 생각하기도 하지만 종교인처럼 교리가 있는 것은 아니다. 종교는 믿는 사람에게는 영혼을 천국으로 들어가는 길목에 놓고 이세상을 쉬었다가는 간이역으로 영혼의 나그네로 만들어 놓았다.

나그네라는 의미는 갈 곳이 있는 사람을 의미한다. 집도 없이 떠도는 사람은 나그네가 아니다 그들은 보헤미안들이다. 우리의 육신은 한줌의 흙으로 남지만 영혼은 돌아갈 곳이 있다. 좀더 거시적인 안목으로 죽음을 들려다 보면 새로운 탄생이다. 믿음을 가진 자는 현재를 영혼의 집을 가기위해 생명의 끝인 것처럼 열정적 삶의 종착역에서 살고 있다고 생각한다. 현재와 죽음은 이동식 세상이라고 표현하는 나그네 삶이다.

불교도 돌아갈 곳이 있다. 영겁의 세월을 거처 환생하는 것이다. 단지 영혼의 구원이 아닌 육신이 사람이든 미물이든 그 몸을 빌어서 다음 생에 존재한다는 윤회설이다. 그들도 죽으면 죄지은 대로 다시 태어나서 전생에 지은 죄값을 치러야 환생할 수 있는 것이다. 업보를 치러야 할 선, 악의 존재성을 만들어 놓고 천국과 지옥을 보여 주고 행한 행위대로 돌아갈 곳이 있다. 그래서인지 사람은 본능적으로 귀소 본능을 가지고 있다. 집을 나가면 어떠한 일이 생겨도 집을 찾아 들어온다.

인도의 겐지스강을 가보고 싶었다. 영혼을 달래는 강물을 보고 싶었다. 인도인들이 어머니의 강으로 신성시하는 그 강물은 에메랄드만큼 반짝이는 깊고 푸른 강일 것이라고 상상하고 그 곳에 도착했다. 영혼을 달래는 겐지스강은 시체를 버리는 썩은 물이고 영혼의 안식처가 아닌 영혼의 비참한 울분으로 보였다. 그러나 그들은 겐지스강을 천상으로 가는 계단이라고 믿고 있다. 그 강은 삶의 시작이며 끝이라고 생각한다. 인도인들은 겐지스강에서 그 물을 성수로 마시고 죄의 사함을 받기 위해 몸을 씻고 죽은 시체를 화장해서 강물에 띄워 영혼이 편안한 곳으로 환생하도록 기도했다. 그들에게는 죽어서 돌아가고 싶은 곳이 있다. 고통도 없고 가난도 없는 낙원이 있다고 믿고 있다. 겐지스강가에서 화장해서 그곳에 버려져야 천상으로 간다고 믿고 자손들이 할 수 있는 최후의 예우였다. 죽은 영혼은 나그네의 삶을 마치고 겐지스강 기슭에서 타다 남은 시체로 낙원을 향해 먼 길을 간다.

우리의 육신은 영원히 살 수 없는 것은 부정할 수 없는 사실이다. 내 죽음 앞에서 가족이 슬퍼하고 친지가 아쉬워하고 보는 이가 안타까워 울 수 있는 한 생을 마감하고 갈 때 종교인이라고 천국만을 생각해 두려움이 없겠는가? 죽음이 두려운 것은 나의 존재가 현재에서 없어진다는 실존 때문에 종교를 의지하며 삶의 연장선에 희망을 갖는 것이다. 물에 빠진 사람이 나뭇가지를 붙잡고 싶은 심정인 것이다. 누구나 죽음 그것은 인간에게는 공포이며 슬픔이다. 보이지 않는 천국보다 현재에서 영원히 살고 싶은 간절함이 있는 것이다. 때문에 죽음은 살아온 삶의 평가를 지인들로부터 받아야 하는 문제도 있다. 진리든 종교든 섭리든 교리를 떠나 죽음 앞에서 부끄럽지 않은 영정사진이라도 걸어 놓으려면 지인들로부터 그리워하는 마음을 갖도록 덕을 쌓고 죽어야 한다. 인간은 행위 앞에 눈물로 평가되는 것이 또한 죽음이기 때문이다.

종교와 신앙을 떠나서 사람은 죽음 앞에 무기력한 존재다. 죽으면 가야하는 곳 내 엄마가 먼저 간 곳, 보고 싶은 사람들이 모여 사는 곳, 영생으로 가는 길을 살아서 가보고 싶다. 죽지 않고 여행 가듯이 가볼 수는 없을까? 상여꾼들의 장송곡을 들으며 천국 문을 들어서는 기분은 어떨까? 타임머신을 타고도 가볼 수없는 그곳이 죽음인 곳을 우리는 누구나 가야한다. 가자면 가야하는 죽음의 길은 누구나 이용하는 대중도로다. 죄가 많아 낙원에 못 간다고 몸부림치면 이 곳에서 나그네 삶을 더 살라고 허락하지는 않을까? 허긴, 더 살고 싶은 사람이 한 둘이겠는가 그들의 필연적인 이유를 신은 생명 숫자만큼 외면하고 탄생과 죽음을 주도한다. 언젠가 가야 할 그 길을 평화의 마음으로 갈 준비를 하는 마음의 지혜가 필요하다.

박명규

아픔이 갈등으로 번져 더 뜨거운 여름이었다. 힘없이
뒤켠에 나앉아 뒤얽힌 세태 바라만 봐야하는 눈길 무겁다
우리 모두 더 성숙되어 윤슬처럼 밝고 잔잔한 세상 펼쳐
지기를~~묵향에 바람 실어 올리며 다시 옷깃 여민다

시

오월, 호숫가에서

인드라망의 꿈

무량사

시장 골목

삶이란

경북 영덕 출생, 고려대 경영정보대학원 석사, 문파문학 시 부문 신인상 당선 등단
한국문인협회, 문파문인협회, 시계문학회 회원
저서 : 공저 『그랬으면 좋겠다』 외 다수

오월, 호숫가에서

여린 잎새 햇살 흔들어 오월을 출렁인다

명주 바람 감겨와
일흔 주름 붉게 타고
금줄 가락 감아도는
호숫가 그곳
놀처럼 번져나는 카푸치노 향
먹빛 숨결 부풀려 마른 가슴 지핀다

산 허리 저 흰 구름 세월 안고 한가롭다

*인드라망의 꿈

무연히 휑한 들판
은빛 으스름 스며들 즈음
홀연히 마주한 낯선 숲길

쏟아지는 풀향에
아찔한 듯 취한 듯 엇박자 서툰 걸음
흥얼거리는 카나리아의 노래

닮은 숨결 어우러져
숲 더 깊어지고
풀 바람 잎새 따라 사운거리는데
노고지리 하늘 쏘고
햇살, 저만치 부챗살로 펼쳐진다

날 저물어 검은 밤 될 때까지
이 초록 파도에 실려
길~게 손잡고 부르리다
하얀 영혼의 노래를

*인드라망 : 우주만물이 생명 공동체라는 이념으로 인간과 자연의 조화로운 삶을 지향하는 불교사상

무량사

뜬 구름
흐르는 바람
셀 수 없는 햇살
쏟아지는 무량사

헤아려지지 않는 세상
먹구름 짙은 안개
목탁소리로 밀쳐내고
무량 겁 돌이 된
매월당

읽힐 듯 가뭇한 그 생
새 소리 잦아드는
여기 연꽃으로 솟았나

빈 가슴, 벗꽃비 젖어든다

시장 골목

잠시 비집고 설 틈조차 없는
물건도 사람도 빼곡한
피난 열차 속이다 그물의 멸치 떼처럼
살아 펄떡이는 시장 골목

젊은
생존의 뜀박질,
칠월의 한낮을 버얼겋게 달군다 길 한 켠
찻상만 한 좌판에도 한 식구의
목줄이 걸려 후끈거린다

부딪히는 골목 한 복판
서서 퍼주는 흰 머리 노파의
찬 단술 한 숨 더위 가시는데

손바닥 난전 순대 써는
아낙의 날랜 손 끝에 한 생이 춤추고
거친 마디에도 배어나는 투박한 정
엉덩이 비비고 앉아 마주친 소주잔에

붉게 어른거린다

귓바퀴 맴도는 호객의 아우성
웅성대는 가게마다 번떡이는 눈빛

바닥이 숨 가쁜 국제시장

삶이란

채우고
채워도 끝내,
채워지지 않는 한 뼘
빈 가슴 안고
뿌우연
안개 속을 휘청이며
걸어가는 것

박옥임

·

나뭇잎이 한 잎씩 꽃피우듯 각각의 색으로 물들고
사람들도 각자의 색깔로 물들어가는 이 가을이 좋아서…

시

바람의 배려

봄이어서

뻐꾸기

커피 한잔

필부의 노래

부산 출생, 성균관대학 교육학과 졸업, 「문파문학」 시 부문 신인상 당선 등단, 시계문학회
회원, 문파문학회 운영이사, 한국문인협회 회원
저서 : 공저 「그랬으면 좋겠다」 외 다수

바람의 배려

한 줄금 푹 쏟아진 소낙비
온 숲이 무겁다

빛 머금은 바람
길가 작은 풀잎부터
나무를 스치고 숲 등성이까지
살랑 살랑 오른다.

무거웠던 잎들
차르르 차르르 몸들을 털고
풋풋해진다

나무들 사이 사이
공기를 불어넣어 튀어 주고는
구름 밀며 사라지는
바람의 뒷자락 보며

문득
바람보다 못한 내 마음 부끄러워
생각 속에 구겨 넣었다

봄이어서

겨울이 떠나자 기다렸다는 듯
봄 햇살 쫘르르
곳곳에 흩뿌려

하얀 목련 노란 개나리 산수유 뭇 벚꽃들
토옥톡 터지는 소리
귓가를 간질인다

환하게 부풀어 색을 이루고
어느 일순간 천지에 꽃구름
한껏 색을 입힌다
몸도 마음도 함께 물든다

이 시간 그대로
이 느낌 그대로
살아가지길 바라는 생각

봄빛에 부풀어

뻐꾸기

숲 속에
뻐꾸기
저 혼자 서럽답니다

품지 못한 새끼들
그리워지면
뻐꾸기는 더욱 서러워
꾸미지도 않은 둥지 그립니다

날이 가면 갈수록
뻐꾸기의 꿈
가지 위에 걸리어 애럽니다

앞산 숲 속에
뻐꾸기
매일 매일
저 혼자 서럽답니다

커피한잔

따끈한 차 한잔 마주하자
뭉그시 피워 오르는 향기
그 자리 넓혀주고
조여오는 조급한 내마음
잠시 비켜 놓는다

입안 가득 향기 물자
모난 내 마음 가
둥글게 깎여 나가고
복닦이는 갈등의 원천
녹아 내린다

창 너머 세찬 비바람조차
마주한 차 한잔으로
가벼웁다

필부匹婦의 노래

나날이 그저 그런날
꿈은 먼 기억 속에서 가물거리고
일상은 주저 없이
시간도 초월한 듯이
흘러가고 있다

바람이 숲에 머물고
둥지 떠난 새들의 노래
하늘가로 퍼져 가는데
내 영혼의 우울함과 함께
마음은 허방을 헤맨다

못 다한 울음 있었던가
달빛조차 보이지 않는
어둠 속이어도
쉼 없이 움직이는
내 심장의 울림

권소영
·
바람이 되고 싶었으나
뿌리를 내리고 말았다
꽃 지는 날엔
바람이 분다

시
·

바람이 되지 못한 것들이 꽃이 된다

꽃무릇 방에 머무르다

음치

길

장마

경북 문경 출생. 『문파문학』 시 부문 신인상 당선 등단. 한국문인협회, 문파문인협회, 시계
문학회 회원. 저서 : 공저 「그대그림자」, 「2012 문파대표시선 52인」, 「순간」 외

바람이 되지 못한 것들이 꽃이 된다

나 좀 데려가 달라고 여기가 싫다고
바스라질 듯 탈색한 꽃의 눈빛이 절박하다
엄마 내가 누구야 내가 누군지 기억나
나고말고요 사모님

요양원 문을 나서는 딸의 치마폭에
바람이 왔다
간다
천 년 전처럼
천 년 후처럼
바람의 어두운 기억이 꽃을 사납게 흔든다

할머니는 어디 가고 빈 지게만 지고 오셨나요
얘야 너도 이 지게 질 날 올게야

젖은 구름 그림자 깊다
무거워진 바람이 절름거리며 왔다
간다
천 년 전처럼

천 년 후처럼
바스라진 꽃잎은 가뭇 자취도 없다

꽃무릇 방에 머무르다

말을 얻고자 절에 들었네

해탈문 지나 극락교 건너
꽃무릇 방에 머무르네
다 내려놓으라 이르는데
얻어 가고자 하였으니
끓어 넘치는 신열 아직 내게 남았는가
잎도 없는 붉은 꽃만 지천이네

본래 희지도 검지도 않노라 하는데
하얀 눈밭 벗은 나무 선연하고
짧지도 또한 길지도 않노라 하는데
내 짧은 혀는 길게 말을 풀어
계곡 얼음장 아래서도 수선스럽네

머뭇거리던 나의 시는 예까지 따라와
회청색 동종소리에
마른 삼줄기처럼 흔들리는데

절은 여전히 말이 없네

음치

노래는 부르는 것이 아니라
불러내는 것
우리 안에 이미 존재하므로
내 심장의 박자와 네 마음의 가락
그리고 바람의 화음이
우주의 리듬으로 흐를 때
그것은 완성되는 것

내게 다가왔던 그 많은 너와 너의 가락에
언제나 내 박자는 성급했거나
망설임의 호흡이 너무 길었다
두렵게 뜨거웠거나 덜 뜨거웠거나
충분히 깊지 못 했거나 지나치게 깊어
바람은 화음을 잃었다

변함없이 흐르는 우주의 리듬에
한 번도 제 박자를 맞추지 못한 내 노래는
내 안에서만
눈물 나도록 아프고 아름다운
절창이다

길

둘레길에 오거든 둘레둘레
가다 쉬다 가다 놀다 자고 가소
굴레굴레 벗어 굴렁굴렁 굴리며 가소
뜻 모르는 사월눈 내리거든
무슨 연고인고 캐묻지 마소
천왕봉 산신님 꽃바람에
마눌님 쌩클한 눈바람인가 여기고 마소
제석봉 연화봉 촛대봉 신령한 이름
벌렁벌렁 뜨거운 가슴으로
겅중겅중 오르고 싶었던 적 누군들 없겠소
그래도 둘레둘레 둘레길로 가소
털레털레 걷다 하룻밤 묵어도 가소
할매 민박집 베갯잇에 먼저 간 사람들 머릿때
수건 한 장 슬쩍 덮으면 그뿐 아니겠소
텁텁 걸쭉한 막걸리 한 잔이면
온 밤이 달기만 합디다
숙덕숙덕 쑥버무리 먹던 어린시절 숙덕이며
등구재 너머 내리막길
오복이 모여 앉은 쑥 한 줌도 뜯으며 가소

다시 오지 못하오
다시는 돌아오지 못하오
둘레둘레 둘레길로 가소
산기슭 허물어진 빈집에
붉은 꽃 피었거든
잠시 멈추고 선 채로 보고 가소
사라져가는 것이
사라진 것들을 슬퍼하는 것
그 보다 미치게 아름다운 걸 본 적 있소
둘레둘레 둘레길로 가소
가다가 금계에 닿거든
한 시간에 한두 대 오는 완행버스
기다리지 마소
목소리 걸걸한 택시 아저씨
이틀 걸려 넘어온 길
십오 분에 모셔다 준다거든
그냥 냉큼 타고 가소
뒤도 돌아보지 말고 가소
못 돌아오오

다시는 못 돌아오오
사라져 가는 것이
사라지는 것들을 위해 우지는 마소
둘레둘레 둘레길에 오거든

장마

왜 네 눈물은 마르지 않는 건지

왜 늘 대책 없이 흘러넘치는 건지

무심한 가시에

어쩌다 잘못 스치기만 해도

송곳에 찔린 물풍선처럼

뼈와 장기들 다 흘러내리고

물에 불은 껍질 하나 남겠네

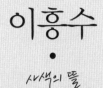

이홍수

·

사색의 뜰

지리산 둘레길 보랏빛 구절초
알록달록 코스모스 하얀 망초꽃
반갑게 인사하며 넉넉한 가을의
품에 안겼다. 이 순간을 영원히—

수필

동행

알래스카, 천혜의 자연

유월의 단상

경북 김천 출생, 동국대학교 국문학과졸업, 문파문학 수필부문 신인상 당선 등단, 중등학교 교사역임, 시계문학회 회원, 문파문인협회 회원

동행

봄이다. 알싸한 봄 냄새를 맡으며 꽤 가파른 근처 산길을 오른다. 친구가 있어 지루하고 힘들지 않다. 눈에 보이는 자연의 변화와 일상 日常의 이야기로 쉼 없이 대화가 이어진다. 반나절 만에 돌아올 수 있는 짧은 코스에도 같이 하는 친구가 있다는 것은 언제나 설레고 든든하다. 세상이라는 길고 폭넓은 길을 함께 할 수 있는 좋은 친구를 만난다는 것은 우리 인류의 가장 원초적이고 절실한 염원이다.

올해 초 무용가 강수진씨가 우리나라 국립발레단장을 맡았다. 그는 청소년기부터 발레의 발상지인 유럽에 진출하여 피나는 노력을 하였다. 혹독한 연습으로 일그러진 그의 발 사진은 많은 사람들에게 뭉클한 감동을 주었다. 그 결실로 서양인도 꿈꾸기 어려운 독일 슈투트가르트 종신 단원으로 최고의 대우를 받게 되었다. 이제 한국 발레를 위해 봉사할 때가 된 것 같다며 수락했다. 단장을 맡고 한 달을 맞은 기자와의 인터뷰 내용 중에 "제 인생의 전환점은 발레단 경력이 꽃폈을 때가 아니라 남편을 만난 이후였다. 그 전까지는 늘 사막에 홀로 떨어진 것 같았고 우주의 미아처럼 떠도는 느낌이었다." 일곱 살 연상인 남편 툰치소크맨은 같은 발레단 선배이면서 전천후 요리사이며 자상한 친구이자 엄격한 그의 매니저이다. 남다른 부부애를 느끼는 그들은 누구보다 상대방을 이해하고 배려하는 최고의 동행자로 많은 사람들로부터 부러움을 사고 있다.

신이 인간에게 내려준 가장 귀중한 선물은 남녀가 만나 함께 세상을 바라보고 걸어 갈 수 있는 것이다. 남녀가 만나 서로를 알아가고 사랑하고 실망하는 과정은 인류의 모든 희로애락喜怒哀樂의 시발점이 되는 중요한 부분이다. 서로 다른 환경에서 자란 두 사람이 별무리 없이 평생을 산다는 것은 정말 어려운 문제다. 이 과정을 극복 하는 것은 두 사람의 굳건한 사랑도 필요하겠지만 가족들의 배려도 절실히 요구된다. 요즘 우리나라의 많은 젊은이들이 여러 가지 이유로 안타깝게도 적령기를 놓치고 있다. 이 세상에 완전한 사람은 아무도 없다. 혼자 가기에는 너무 버겁고 쓸쓸한 삶일 수 있다. 부족하지만 나로 인하여 한 사람이 조금이라도 희망을 가질 수 있고 내가 그 사람으로 인해 위로를 받을 수 있도록 노력했으면 좋겠다.

얼마 전 이웃에 사는 엄마와 대화를 하게 되었다. 자기는 친정 복이 없다고 말했다. 자랄 때는 경제적으로도 힘들었고 다른 여러 가지로도 많은 어려움을 겪었다고 했다. 남편을 만나고부터 모든 것이 순조롭게 이루어져 시댁 복은 많다고 말했다. 말을 듣는 순간 친정에서 어려움이 있었기 때문에 더 노력하고 지금이 감사한 줄을 깨달을 수 있지 않았을까 생각해 본다. 무언가 부족한 상태에서 만나 서로가 보완할 수 있도록 함께 노력하는 과정은 무엇보다 보람 있는 동행이다. 모든 것을 갖추고 아무 아쉬움이 없다면 상대방에게 절실하게 다가설 자리가 없었을 것이다.

우리나라 부부의 이혼율이 40%를 웃돌고 OECD 국가 중 최고라는 불명예스러운 통계가 나왔다. 부부가 갈라서야 하는 이유는 경제적인 부분, 성격차이, 등 여러 가지 유형이 있겠다. 우리나라가 갑자기 경제적 형편이 좋아지고 자녀의 수가 줄어든 것에도 많은 영향이 있다. 생활에 여유가 있고 시간적인 여유가 있는 요즘 부모들은 독립한 자식들에게 애착을 끊지 못한다. 원하지 않는 부분까지도 지나치게 간섭하고 동참하고 싶어 한다. 출가한 자식들이 스스로 자기들의 부족한 삶을 헤쳐 나갈 수 있는 시간적 여유를 주지 않는다. 부모 들은 한 발 물러서서 자식들이 가는 길을 말없이 지켜보며 그들이 아름다운 동행을 할 수 있도록 응원해야 한다.

해가 어스름히 질 무렵 동네 어귀에 노부부가 다정하게 걸어오고 있다. 언뜻 보기에 팔십대 후반으로 보인다. 아직은 두 분의 건강이 겉으로 보아서는 아주 나빠 보이지는 않는다. 새삼스럽게 한없이 존경스러운 마음이 울어난다. 저분들도 삶이란 전쟁터에 생사고락生死苦樂을 같이하는 전우戰友가 되어 지금까지 걸어 왔을 것이다. 때로는 햇살 같은 자손들의 웃음에 희망을 걸고 아픈 상처를 서로 어루만지며 이제는 종착역을 향해 가고 있다. 외롭고 힘든 길에 늦도록 동행하는 부부를 만난다는 것은 가장 고귀한 한편의 예술품을 보는 듯 진한 감동과 위로를 받는다.

알래스카, 천혜의 자연

1999년도 8월 초 평소 가깝게 지내던 부부들이 여름휴가 날짜를 모두 맞추어 알래스카로 향했다. 원래 러시아의 영토였다가 1867년에 미국이 사들여 49번째 주州로 탄생된 곳이다. 천혜의 자연에 매장된 자원이 풍부하여 미국에 엄청난 대박을 안겨준 행운의 땅이다. 우리는 기대와 설렘으로 앵커리지 공항까지 8시간 남짓 걸려 도착 하였다.

관광버스를 타고 알래스카를 향하여 가는 길은 야생의 자연 그대로가 펼쳐졌다. 가도 가도 끝없는 넓은 평원에 수줍은 듯 무리지어 피어있는 분홍 붓꽃들과 야생화가 거대한 자연 앞에 앙증스럽게 보였다. 기후는 영상 17.8도 우리나라의 11월 초의 날씨로 여행하기 알맞은 날씨였다. 이 넓은 땅 가는 길 어디에도 사람들의 모습이 보이지 않았다. 알래스카의 주도主導 쥬노에 도착하였다. 사람들이 보이고 시가지에 아담한 집들이 동네를 이루고 있었다. 한국식당을 찾아가는 길목 수로가 좁은 강에는 사람들이 고기 반 물 반으로 연어를 잡고 있었다. 푸짐한 연어 회를 곁들여 늦은 저녁을 먹고도 어두워질 줄을 모르는 백야白夜다. 이곳은 새벽 1시가 돼서야 어둠이 찾아오고 다시 새벽 3시 4시면 아침 해가 솟는단다. 긴 시간 여행으로 지친 몸은 어쩔 수 없이 두꺼운 커튼을 치고 내일 일정을 위하여 취침하였다.

유람선을 타고 발데즈항에서 위디어항으로 출발하였다. 햇빛에 투영된 에메랄드빛 크고 작은 유빙들이 수없이 몰려오는 눈부신 풍경이 나타났다. 모두들 갑판으로 나가 그 황홀함을 바라보며 탄성을 질렀다. 깎아지른 듯한 절벽 해안가에 군데군데 무리를 지어 쉬고 있는 바다사자들, 거친 바다를 뛰어 다니는 돌고래의 등장, 수면 위로 폴싹폴싹 솟구치는 연어들의 묘기, TV를 통한 동물의 왕국에서나 볼 수 있었던 광경이 생생하게 재현되고 있었다. 거대한 고래의 출몰은 관광객들을 긴장감으로 숨을 죽이게 했다. 끝없는 "콜롬비아 대빙하"의 장관을 넋을 놓고 바라보았다. 수만 년 전 태초의 모습 그대로 인간과 공존하는 야성의 동물들의 평화로운 모습이 너무나 인상적이었다. 유람선이 움직일 때마다 뱃전에 얼음 지치는 소리가 서걱서걱 들렸다. 근 7시간을 항해하면서 줄 곳 다른 세상에 온 느낌이 들었다. 일생에 꼭 한번은 경험해야할 대자연의 신비한 향연을 본 듯 가슴이 벅차올랐다

맥킨리산 등정 출발 지점에 있는 우리나라 최초로 에베레스트를 등정한 산악인 고상돈의 가묘를 참배 하였다. 북미 최고봉인 맥킨리산은 변덕스러운 날씨와 희박한 공기 때문에 등반하기 까다로운 산으로 유명하다. 고상돈씨는 맥킨리산 등정을 성공하고 하산 도중 빙하로 떨어져 숨졌다고 한다. 마음이 착잡하였다. 우리들은 고개 숙여 고인의 명복을 빌었다. 경비행기로 맥킨리산 구석구석을 1시간 동안 누볐다. 하얀 만년설에 덮인 우뚝 솟은 봉우리들 흘러내리는 빙하 옆에 무성한 숲과 호수가 환상적인 조화를 이루고 있었다. 하늘과 봉우리

에 맛 닿은 운해雲海, 길게 뻗어 내리는 강줄기를 내려다보는 절경은 아찔하면서도 깊은 감동 이었다. 경비행기가 한 번씩 계곡으로 들어갈 때마다 매서운 냉기가 기내로 섬뜩하게 들어왔다. 이번 여행은 마치 웅장한 자연 앞에 인간은 한없이 겸손해져야만 하는 법을 가르치는 것 같았다.

일정의 마지막으로 알래스카에서 빼놓을 수 없는 개썰매 장에 도착하였다. 기념관에서 에스키모인들의 생활에 관한 영화를 보았다. 각자 자기가 태어난 곳의 자연과 기후에 적응하며 치열하게 살아가는 인간의 지혜가 새삼 놀라웠다. 눈도 없는 길을 개썰매를 타고 달리는 기분이 묘하면서도 끌고 가는 잘생기고 늠름한 개들이 딱하다는 생각이 들었다. 알래스카! 태초에 하느님께서 천지를 창조하신 그대로의 모습이다. 현대의 사람들이 상상할 수 없는 천혜의 공기와 자연을 간직한 순결한 땅이다. 이곳만큼은 영원히 문명의 때가 묻지 않기를 간절히 기원하고 싶다.

유월의 단상斷想

유월 첫 번째 토요일 부산에 사는 큰딸이 서울에 온다는 연락이 왔다. 올해 중학교 일학년인 손녀가 코리아헤럴드 기자로 활동하고 있다. 문화부에 제출한 기사가 중등부 대상을 받게 되어 정동에 있는 신문사로 오전 11시까지 오겠단다. 부산서 아침 비행기로 왔다가 행사를 마치고 오후 5시 45분 기차로 내려가는 일정이다. 내가 행사장으로 왔으면 하는 부탁을 받았다.

서둘러 광화문 가는 좌석버스를 탔다. 열린 창밖으로 감미로운 유월의 바람과 햇빛이 눈부시다. 아이들을 만난다는 기쁨과 모처럼 여유 있게 나들이를 하는 마음이 설레기도 하였다. 얼마 전 경기도로 이사한 후로는 강북으로 오기가 쉽지 않아 늘 그리워하고 있었다. 광화문을 거쳐 정동으로 걸어가는 길에 예전에는 국제극장과 아카데미극장이 있었다. 우리들이 젊은 날 친구들과 가끔 찾아가던 음악실도 2층에 있었다. 옛 생각을 더듬으며 신문사를 찾아가는 길은 더디기만 하다. 이리저리 둘러보며 흔적도 없이 사라진 낯선 거리가 그날따라 유난히 아쉽기만 하였다.

신록이 무성한 유월이었다. 교생 실습을 받기위해 우리 학교 부속 중 고등학교에 첫 출근을 하였다. 남학생들은 고등학교를 배정 받고 여학생들은 중학교를 배정 받았다. 수업 시간에 학생들을 가르치면서 학급의 부담임 역할도 맡아 실습을 하였다. 나는 일학년 삼반 부담임이 되었다. 첫 인사 시간 고만고만한 또래들의 호기심이 가득 찬 남학생들의 눈빛이 무척 귀여웠다. 그동안 배운 공부를 아이들에게 열심히 가르쳐 보겠다는 사명감이 불타올랐다. 먼 거리를 시간에 맞추어 출·퇴근하고 학교의 아래 위층을 오르고 내리느라 열흘이 지나니 입이 다 부르텄다.

우리 반 담임은 음악 과목을 맡은 남자 선생님이며 음악 평론가로 활동하는 분이었다. 까만 피부에 눈이 부리부리하게 생긴 이국적인 외모를 가진 분이었다. 강신재 씨의 단편 '젊은 느티나무' 첫 구절 '그에게서는 언제나 비누 냄새가 났다'를 연상시키는 지나칠 때마다 기분 좋은 냄새가 코를 스쳤다. 우리 여학생들은 시간이 지날수록 여러 가지로 특이한 우리 반 담임에 관심이 집중 되었다. 급기야는 그분이 우리보다 열 살이 많은 노총각이라는 정보를 입수하여 나에게 알려 주었다. 그리고 해마다 오고 가는 교생에 관심도 없고 까칠한 성품을 가졌다는 이야기도 함께 전해 주었다.

어느 날 그분이 우리 반 생활기록부에 증명사진 부착을 아직 못했다며 시간이 있으면 정리를 해달라는 부탁을 했다. 방과 후에 반 학생들과 함께 사진 뒷부분을 벗기고 번호대로 60명 증명사진을 말끔히 정리하였다. 그 일이 있은 후 반 학생들의 이름과 얼굴도 조금씩 익혀졌다. 교실의 환경 미화도 같이 하면서 그동안 학생들과의 서먹한 관계가 많이 좁혀져 학교생활이 즐거웠다. 수업 시간에는 가끔씩 지방 사투리를 나도 모르게 쓰게 되어 한바탕 웃음을 자아내기도 하였다.

교생 실습이 조금씩 익숙해질 무렵 그분이 퇴근 후에 차 한잔을 대접하겠다고 근처에 있는 찻집으로 안내를 하였다. 지난번 생활기록부 정리도 고맙고 반 분위기도 한결 좋아진 것 같다며 재미있게 이런저런 이야기를 하였다. 학교생활 이외에 활동 하는 분야가 있어 미처 학급일이 지연된 점도 있었다며 허심탄회하게 자기 이야기를 털어 놓았다. 나에게도 이것저것 질문을 하였다. 내가 알고 있는 범위 내에서 대답하고 여러 가지 대화를 나누었다. 헤어져 돌아오는 길은 유월의 해질 무렵 선선한 바람이 마냥 좋았다.

시간이 지날수록 그의 까칠하던 성품이 많이 누그러졌다. 혼자만의 바쁜 생활에서 벗어나 주위 사람들에게도 눈을 돌렸다. 학교의 선생님들과 교생들이 짓궂게 은근히 그분을 떠보아도 웃음으로 답변을 대신했다. 일과를 마치고 시간이 날 때면 커피를 마시자고 가끔 제안을 했다. 대화를 하다보면 자기의 전공 음악분야는 말할 것도 없고 문학, 철학, 회화에 이르기 까지 다방면으로 폭넓고 체계적인 지식을 소유하고 있었다. 그러면서도 아직 한참 모자라는 나의 이야기도 너무 신선하다며 재미있게 듣고 즐거워하였다.

우리들은 60년대 중반에 여러 가지 어려운 환경 속에서 공부하였다. 요즘 세대들처럼 자유분방하게 다양한 체험을 할 수 있는 여건이 되지 않았다. 주로 책을 통하여 지식이나 궁금증을 해소하였다. 여가 시간에는 극장에서 좋은 영화를 보거나 친구들과 서울에 몇 군데 있는 음악실에서 클래식도 듣고 그 무렵 유행하는 팝송을 따라 불러보는 정도의 단조로운 일상을 보내고 있었다. 물론 개인적인 차이는 있었다. 나는 남녀 공학을 다니다보니 편하게 친구처럼 대할 수 있는 사람은 있어도 내가 막연하게 꿈꾸던 존경하며 많은 것을 배울 수 있는 대화의 대상은 쉽게 나타나지 않았었다.

유월이 훌쩍 지나 아쉽게도 무사히 교생실습을 마치고 우리는 학교로 돌아왔다. 곧 바로 여름 방학이라 부모님이 계시는 지방에 내려갔다. 팔월 중순에 올라와 2학기는 졸업 준비로 한창 바쁠 때 그분으로부터 연락이 왔다. 우리는 오늘 아이들을 만나러 온 이 정동 길 조선일보와 고풍스러운 유럽식 성공회 본부를 지나 서소문 중앙일보까지 걸었다. 걷는 동안 그분은 요즘 태엽 풀린 시계처럼 산다는 말을 던졌다. 순간 가슴이 저려왔다. 그러나 나 자신이 많이 모자람을 알기에 더 이상 아무 말도 할 수가 없었다.

최예숙

●

모래섬 속 흰 이 드러내며 웃고
깔깔거리며 밀려오는 파도 뒤엔
바람이 있다

―

시

―

문득 길 걷다가

그 날

양궁

국화

하늘이 함박 웃어요 - 함박눈

본명 최외숙, 충남 홍성 갈산출생, 문파문학 시 부분 신인상 등단, 문파문학회원, 수지문학
회원, 현 시계문학 사무국장
저서 : 공저 『문파대표시선59인』, 수지문학 5,6집 『어디로 갔을까』 외 다수, 용인 600년 기
념문집 『늦가을 산마루에서』, 『꽃들의 수다』 외 다수

문득 길 걷다가

사간과 공간을 벗어나
무심히 길 걷다가
통찰의 언덕 넘어
치우 그리고
깨달음 발견한다

집착, 현실을 버리고
가끔 걸어본다
초심의 언어 앞세우며
내려놓음에
자유와 즐김이 있다

무의미와 조우遭遇
길 걷는 나
바라보는 나
문득 참 내가 걷고 있다

그날

쪽진 머리 풀어지고 팔 늘어진 채
큰 사위 등에 업혀 돌아오셨다
온통 순백으로 뒤덮인 천지
긴 그림자마저 돌아간 밤, 세상 끈 놓고
발자국 없는 먼 길 걷고 있다
당신 어머니께 받은 육체 인연 다하여
이승과 저승의 경계를 넘고 있다
걸어온 길 가야 할 길도 없는 길
무심히 다 내려놓고 있다
태산 같은 짐 평생 머리에 이고
가슴엔 칠남매 주렁주렁 고단함으로 지친 삶
허공에 눈꽃 날리고 있다
젊은 날, 모란꽃 곱던 열아홉 순정 꿈 이였노라고
세상 한바탕 신명나게 춤추다 연기 마치고 가노라고
차마
한쪽 눈 감지 못하고 생을 다하시고 있다
함박눈 소복이 쌓인 그날
열한 살 딸 손 떨구고 윤회의 길 미래로 가고 있다

양궁

화살은 바람 사이 지나
빗방울 자르며
10점 과녁을 뚫는다

숨죽이던 나무 구름 새 모두
기립박수로 하나 되어
눈 귀 입 덩실 더덩실 춤춘다

고독 슬픔 좌절 침묵으로 다져
고된 훈련 안으로 삭이며
혼자 길 걸어간다

별을 향해 겨냥하고
세상을 쏘았지만
삶은 늘 변죽 치고 넘는다

과녁은 언제나
그 자리에
서 있을 뿐

국화

화단에 진 보라색 국화가 화알짝 미소 짓고 있다
다가가 꽃 볼에 코를 비벼본다
언니 등 냄새가 가슴 깊숙이 포근하게 들어앉는다
문득 눈시울이 콧등을 찡하게 한다
열두 살 소녀는 동생을 등에 업어 키우고
오빠 결혼하던 해 서울로 떠난 엄마 같은 언니

꽁꽁 언 땅속에 맨발로 이겨내어
이른 봄 세상에 나와
매화 동백 장미에게 다 내어 주고
마지막 곱게 피는 넓은 가슴
찬 서리 이겨내어 피는 삼륜三倫*의 꽃
가장 높고 맑은 고고한 그 자태

이젠
앙상한 대궁처럼 말라버린 다리, 굽은 등
손등에 나비바늘 달고
머리엔 하얗게 서리 내렸지만 그 향기 진하다
찬바람이 창문을 흔들고 굵은 비 내려

오늘은 귀가 서러워 윙윙거린다

무서리 내린 들녘, 가을이 서쪽으로 기울기전에

노오란 국화꽃 한 아름 안고 찾아 뵈야겠다

---

*삼륜 : 청한 보시 베푸는 자는 동기나 목적에 집착됨이 없는 청

하늘이 함박 웃어요 - 함박눈

하늘에서 함박웃음 터져 나오고 있어요
뻥튀기처럼 너털웃음 뻥뻥 튀어나오고 있어요
열여덟 소녀 입가에 머금은 웃음꽃이
영산홍 가지에 눈웃음 짓고
벤치에 소복소복 내려앉은 설중매 미소에
두근두근 마음 설레게 해요 어느새
달빛어린 창가에 소복이 내려와 내민 손
떨리는 가슴 여미며 두 손 잡아요
한 그루 포플러로 기다리고 있을 때
소리 없이 면사포 씌워주네요 깊은 밤
가로등 불빛아래 몽글몽글 내리는 사랑의 언어
펌프질하는 심장에 가득 담아요, 벌써
그가 마음 밭에 발자국 찍으며 걸어오네요
창가에 커튼 펑펑 내리고
당신은 불을 끄네요
우린 백설 이부자리 덮어요 그리고,
새하얗게 쏟아지는 웃음꽃
당신 마음 내 마음에 소복이 쌓이네요

이지원

·

꽃 진 자리
노란 초롱
식지 못해
붉게 맺힌 꿈

수필

촛불

아직 푸른 9월에

겨울산수유

용인 거주, 시계문학회 회원
저서 : 공저 『순간』

촛불

낮에도 뜨지 않는 해를 기다리다 어둠이 짙어지면 촛불을 켜라. 수몰된 여울에 반딧불이 살아 있다는 흔적을 보여주듯 작은 초 하나를 켜라. 한 점 입김에 속절없이 사그라질지언정 까만 심지는 남을 테니 촛불을 켜라. 점멸을 반복하는 촛불은 새벽을 알리는 샛별. 그 애련한 빛을 따라 아침이 이어 올 테니 촛불을 켜라.

좁은 문을 위해 벽돌 같은 지식을 등짐지고 줄서기를 하던 아이가 촛불을 켠다. 낮을 압류당한 아이가 제 앞의 어둠을 밝히기 위해 초 하나를 켠다. 강요된 침묵과 배반해야 할 순종 사이의 관계식을 풀고 있다. 정말 알아야 하는 것은 정답이 없는 것들. 오지 않은 미래는 저들의 것. 아이가 스스로 골몰하도록 촛불을 허하라.

허물어진 울타리를 지키기 위해 매일 도시 아래를 달리는 아버지가 촛불을 켠다. 피라미드 어디쯤을 기어오르는 아버지는 늘 잠든 아이를 보는 것에 만족해 왔다. 신성한 노동은 정해진 퇴근시간은 없고 미래도 없다. 경쟁하지 않는 자가 강요하는 경쟁을 묵묵히 따르며 동료들을 떠나 보내왔다. 노동을 게을리 하지 않은 아버지가 촛불을 켜는 동안 엄숙히 지켜보라. 눈을 감고 달려온 아버지가 잠시 그가 사는 시대를 응시할 수 있게 촛불을 허하라.

시린 봄 바다로 간 나비를 기다리는 등대가 촛불을 켠다. 약속된 나비의 푸른 날개는 억 겁의 바다를 이고 깊게만 가버렸다. 포구에 메인 등대는 수천 번 달려오는 파도를 세다 눈이 짓물렀다. 부정한 바다에 발을 담근 채 온기를 잃어버렸다. 버려진 등대에게 초 하나의 위로를 밝히련다. 깊게만 날아간 나비에게 아니 잊겠다는 작별인사를 전하련다. 속으로 타버린 등대가 초 하나의 온기를 품도록 촛불을 허하라.

날카롭던 펜은 지하에 갇혔다. 순수와 불순이 뒤섞이고 거짓은 정의로 포장되어 있다. 배고픔을 모른다는 원죄는 침묵하라는 벌을 받고 있다. 지킬 제자리도 없건만 돌아가라고 한다. 고장 난 라디오는 근대의 유언을 반복하고 있다. 소급된 미래를 누릴 수 없는 청춘들이 시대의 아픔을 나누기 위해 촛불을 켠다. 과거를 모르는 어린 죄인이 미래를 모르는 먼저 산 이들에게 침묵의 아우성을 밝힌다. 다만 지켜봐주는 아량을 보이라. 그들이 상처를 제대로 쳐다볼 수 있도록 촛불을 함부로 불어 끄지 마라.

수필 아직 푸른 9월에

세상의 주인 같던 실록이 시무룩하다. 뜨겁던 태양이 조금 멀어졌다고 생기를 잃었다. 싹을 틔운 후 푸르기에만 열중하며 빛나던 실록이 아니던가. 애초에 태양은 아득히 멀리 있었고 한 번도 식어 본 적이 없었건만 푸름만이 제 빛을 잃어간다. 9월 대지는 아직 열기를 품고 있건만, 그 요란했던 녹음은 어디로 가고 처연히 고개 숙여 무엇을 기다리는가. 치기어린 청춘들은 무슨 의미를 남겼나.

대륙을 움켜쥐고 있는 한 닿을 수 없는 태양이라면 그를 향해 뻗는 손길과 그를 갈구하며 경쟁하던 잎들은 무엇을 했단 말인가. 잠시 몇 가닥의 햇볕을 거두기만 하여도, 빛을 잃는 청춘이라면 푸르기만을 경쟁하는 의미가 있는가. 이내 사라질 실록이라면 청춘이 해야 할 일은 잎을 쥐고 있는 가지 끝과 그 아래 줄기와 더 깊은 뿌리에 집중하는 일이 아닐까.

성난 녹음이 제 풀에 꺾인 후, 조용히 찾아오는 가을을 조락의 계절이라 슬퍼할 게 무엇인가. 가을은 치기어린 젊음을 버리고 본연의 빛을 내보이는 진실의 계절이 아닌가. 은행은 노란빛을 찾고 단풍은 붉기를 드러내는 계절. 배아 속에 깊숙이 숨겨두었던 자신의 빛깔을 마침내 터트리는 계절. 나무는 푸름을 그만두고서야 진정한 본 모습을 드러낸다. 그러기까지 찬바람을 기다리고 새벽이슬을 맞아야 하는 것은 우리에게 또 무엇을 알려주는가?

푸른 청춘을 걷어내며 마른 손으로 마흔을 세어본다. 생명이 있는 모든 것이 겪는 별다를 것 없는 과정을 겪고 어느 길모퉁이에 서 있다. 가을 초입, 찬바람에 젊은 열기를 식히며 뜨겁던 가슴에 찬이슬을 매달아 본다. 그리하여 스스로 깊이 응시한다. 나만의 색이, 나만의 빛깔이 속에서 번져 내 영혼에 이름을 달기를 기다린다.

은행이 은행이 되고 단풍이 단풍이 되는 계절. 나는 내가 된다. 푸르기를 그만 두는 것에 무슨 미련이 있겠는가. 여름 끝 모퉁이를 돌아서면 진정한 나를 만나리라. 나무들이 제 본디 빛깔을 찾듯 나의 그날들도 저처럼 아름답기를 기도하련다.

수필
겨울산수유

겨울 내내 창밖에 메마른 채 서 있는 한 그루 산수유를 보아왔다. 잎을 잃은 겨울나무라도 화려한 수세를 뽐내건만, 그는 솜씨 없는 이발사에게 머리를 맡긴 듯 모양새가 볼품이 없다. 회색빛 나무둥치는 겨울바람에 갈라져 비늘이 일어나 있기까지 하다. 옹색한 몰골로 서 있는 그를 보면 봄맞이꽃이라는 명성도, 영원한 사랑이라는 꽃말도 제 것이 아닌 것 같다. 애처로운 마음에 메마르게 서 있는 산수유에게 위로를 건네었다. 북풍이 잦아들고 줄기에 물이 차오르면, 앙증맞은 꽃망울을 터뜨리며 봄의 전령사로 사랑을 받을 거라는 뻔한 위로였다.

정말 하고 싶은 말은 쉬이 피지는 말라는 당부였다. 오랫동안 볼품없는 그의 맨몸을 지켜보다, 어느 순간 그의 뚜렷한 결의와 의지를 눈치 채게 되었다. 그는 봄보다 먼저 봄이 되기 위해, 온기와 물기를 줄기 깊숙이 아껴두고 메마른 비늘을 떨군 채 겨울을 났다. 사람들은 벚꽃이 피기 전에나 산수유 꽃을 반길 뿐이다. 그러니 그의 겨우내 인고를 알아주지 않는 사람들에게 쉽게 꽃을 보여주지 말라고 당부했다. 천천히 물러가는 겨울에 사람들이 조바심 내도록 내버려두라고 했다. 속 빈 대나무를 대신해서, 임금님 귀는 당나귀 귀라는 비밀을 지켰던 산수유가 아니던가. 봄이 왔다는 고자질이 금방 터질 듯 입술을 앙 다물고 사람들을 속 태우길 바란다.

사실은 그를 위한 위로나 당부가 아니다. 그의 은밀한 계획을 공유한 우리의 내밀한 관계를 며칠 더 유지하고 싶다. 겨울 동안 그를 지켜보았기 때문에 노란 산수유 꽃이 봄보다 먼저 봄이 되려는 나무의 꿈이란 것을 알게 되었다. 그는 경탄할 때맞춤을 위해 꽃자리에 숨결을 묻어두고 초라한 모습을 자처하고 있었다. 또한 붉디붉은 열매를 보면서 그가 뜨거운 여름동안 빈틈없이 잎을 키우며 몰두한 이유를 알아차렸다.

　꽃 진 자리에 맺힌 눈물 같은 열매는 어느 광물보다 영롱한 보석이다. 폐 속 까지 파고드는 먼지가 도시에 회색을 덧칠 하던 겨울, 그 붉은 열매를 보는 것이 얼마나 큰 위안이었던지. 모세혈관처럼 세심한 가지에 쥐어짠 듯 선혈이 맺혀 있다. 한 서린 칼바람에도 가는 꼭지를 붙들고 위태하게 빛나던 핏빛은 춘향의 일편단심을 얼려 놓은 것 같았다. 하얀 눈을 얹고 있는 붉은 열매를 보았는가. 잠자고 있는 나비라도 깨울 듯 붉은 암술이 되었다. 희기만 한 눈을 순결한 꽃잎으로 만들어 버렸다. 그러니 그 슬프고 아름다운 열매를 긴 겨울동안 볼 수 있도록, 서둘러 피어 서둘러지지 말기를 당부하였다.

　이제 그의 여름을 이해한다. 이른 봄 사람들이 산수유 꽃 아래서 기뻐하는 시간은 짧다. 이내 개나리에 웃고 목련꽃 아래서 흥얼거린다. 벚꽃이 요사스레 꽃비를 뿌리면 산수유의 노란 꿈은 잊어버린다. 그렇게 짧은 봄마저 나눠 갖고 나면 산수유는 궁색하기 짝이 없는 여름을 보낸다. 너무 짙어 신록이라고 할 수 없는 푸르죽죽한 잎들을 척

척 늘어뜨리고 여름을 난다. 숨이 차게 더운 날 무슨 쓸모가 있는지 털을 달고 한잎 한잎 휘어지게 무엇에 몰두한다.

겨울이 되어서야 그가 도모한 바를 알 수 있다. 저토록 영롱한 붉은 빛을 쥐어짜내기 위해 지난여름 짙어지는 일에만 몰두 하였다. 제 몫의 땅에 비추는 햇볕 한 줌도 소홀히 하지 않고자 잎을 살찌워 빼곡히 하늘을 가리고 서 있었다. 꼼꼼히 모은 일곱 가지 빛깔 중 어느 하나도 잎에게 허락하지 않아서 단풍놀이 가는 사람들을 붙들지 못한다. 오로지 열매를 곱게 물들이기만 한다. 그러니 휘어진 잎들이 감추고 있는 설익은 열매들에게 눈인사를 보내겠다. 그의 노란 꿈이 아롱진 자리에 붉은 열매가 맺히기를 손꼽아 기다리노라 말을 건네겠다. 어느 시인이 눈길을 헤치고 산수유열매를 따오신 아버지의 서느런 옷자락을 그리워하더란 말도 전해주겠다.

겨울 끝자락, 루비 같던 열매도 매정한 겨울바람에 화석이 되었다. 배고픈 겨울새도 탐내지 않는다. 그러나 나무는 자식을 잃기 싫은 어머니처럼 말라버린 열매들을 종종 매달고 있다. 주름진 얼굴로 자식 걱정이 쉴 날 없는 어머니 생각이 난다. 그만 떼어버리고 홀가분히 살지라고 웅얼거리며 열매를 한 움큼 뜯어내었다. 아 청명한 그 소리. 바짝 마른 씨앗들이 부딪히면 쨍그랑 얼음을 깬다. 겨울산수유는 너의 오감을 깨울 아름다움이 아직 남아있다고 말했다.

지리산 자락 산동마을 처녀들은 산수유 씨를 발라내다 앞니가 닳았다지. 앞니 닳은 처녀의 붉은 입맞춤은 보약 몇 첩 보다 낫다며 총각들 마음도 부풀었다고 한다. 다시 열매가 익으면, 설레던 그의 전설을 입술에 담아보고 싶다. 그리고 사람들이 그의 앙증맞은 노란 꽃을 노래할 때, 그의 치열한 여름과 그 만큼 붉은 가을과 봄보다 아름다운 겨울을 기억하련다. 그리고 노란 꽃이 지고 짧은 찬사가 사라진 후 볼품없이 서 있는 그를 보면, 그가 속으로 무엇을 준비하고 있는지 잊지 않겠다.

황혜숙

가을 저녁 호수 위, 등불이 눈 뜨는 시간
내 마음에도
작은 등불이 밝혀지길 기다려 봅니다
그 빛의 밝기만큼
마음 또한 따뜻해져
그대 지나는 길목
묵묵히 비추는
작은 등불이 되고도 싶습니다

시

화살나무

대설주의보

삼월 눈보라

수련

아버지의 사철나무

전북 부안 출생
시계문학회회원, 1994년 『수필과 비평』 신인상 등단
저서 : 공저 『순간』

화살나무

화살처럼 날아가
누군가의 가슴에
깊이 박혀본 적 있었던가?

화살처럼 날아와
내 가슴속 깊은 곳
뽑히지 않는 화살
있었던가?

외진 산자락 길
먼저 도착한 아픔들
줄지어 선 자리마다
온통
붉다.

대설주의보

대설주의보 내린 저녁
대설보다 주의보가 더 매서운 저녁
언제나처럼
무성한 설舌보다
무성하지 않은 설雪에
잠시 몸 바뀐 세상

밤새워 기다리던 것
가도 가도 끝없던
먼 곳의 설원
그 곳에 두고 온
돌이키지 않던 발자국들

투명한 눈물처럼
반짝이며 내리던 눈발에
아직
발 묶여 있을까

결빙을 부르는 바람소리

행선지도 몰라
더욱 막막해 지는
느닷없는 주의보 지나간
새벽녘 즈음

먼 곳으로 부터 찾아 온
무수한 눈송이들
돌아가야 할 길이었다는 듯
서성대고 있다
부르고 있다

다시
가방을 꾸려야겠다.

삼월 눈보라

지금
사정없이 내리는 눈보라처럼
어느 날 문득
산 넘고 물 건너 아우성치며 달려 오는
그리운 얼굴 있다 해도
저만이 지닌 속도와 방향으로
흘러가게 할 뿐
나무처럼 잠시 흔들릴 뿐
피하지는 않으리

가늠되어지지 않는 거리
측량할 수 없는 마음의 끝자리가
천지를 분간하지 못하는
저 눈보라로 채워질 때에도
이내 형체도 없이
사라질 때에도

어디에도 숨길 수 없는
삼월 눈보라에

나를 맡긴 채

잊혀질 기억 속에
영원하지 않을 많은 것들 속에
하나 하나 피어나는
눈꽃이 되어 보리
눈꽃 세상의
전설이 되어 보리

수련

오고야 말았다
이 생이 아니면
끝내
피우지 못했을
수련의 날들

눈물 겨워라
수면 아래 발목 잡힌 무수한 날들
물의 세기와 흐름을
온몸으로 지탱해 온 지난 세월들

생의 단 한번
허락되어진 시간을 향하여
스스로 밀어 올린
꽃대의 중심에서
환하게 열리는 생이여
순하게 밝아 오는 절정이여.

아버지의 사철나무

수척한 가을 햇살을 받으며
아흔을 바라보는 아버지
마당의 사철나무를 손질하신다

당신의 키를 훌쩍 뛰어 넘은
세월의 중턱쯤에 사다리를 세워
든든한 뿌리 없이도
성성한 백발을 날리며
지나온 세월을 다듬으신다

넓은 세상을 향해
뻗어 나간 푸르름의 곁가지들
한 번의 가위질로
쉽게 물러서지 않아도
이리 저리 살펴 보시다
끝내는
미련없이 잘라 내신다

희망처럼 보이는

수많은 길 앞에 서면
나아갈 수 있는 시간보다
서성거리던 시간 더욱 많았다는 것을
보여 주고 싶으신 걸까

후회처럼
가지 끝에 진액이 맺혀도
나무 한 바퀴를 빙 도시며
지나온 세월 돌아보시며
단아한 나무 세우기에
여념이 없으시다.

박정희

정선이

•

하굣길 책방에 들러 책을 읽으며
파랑새를 꿈꾸던 9살 소녀는 가을 날의 석양을 보며
옷깃을 여민다.
강산이 몇 번인가 바뀌는 동안 실타래에 감아 두었던
얘기를 조심스럽게 풀어 놓는다.

수필

어머니의 정겨운 흔적들
아름다운 그림들

전북 전주 출생
시계문학회 회원

^{수필} 어머니의 정겨운 흔적들

늦은 여름날 오후. 베란다에 줄지어 있는 화초들이 흘러 들어오는 햇살을 따사로이 즐기는 듯하다. 은사시나무 분재의 잎들이 하나 둘 노랑과 갈색이 어우러진 빛깔로 물들어 간다. 금년 여름도 헤어짐의 때가 왔나 보다. 맨 끝에 자리 잡고 있는 화초에 마음의 눈길이 머문다. 어머니께서 선물로 주신 관음죽이다. 남편의 직장관계로 지방에 머물다가 반포에 처음 집을 마련한 막내딸에게 나지막한 키의 관음죽을 들고 오셨다. 관음죽 꽃말은 행운이라고 하셨다, 두 손주와 사위를 향한 어머니의 깊은 마음 속 바람을 알기에 이삿짐에 꼭 챙겨 넣었다. 여러 가지 이유를 대며 화초들을 없애라는 남편의 성화에도 눈을 흘기고 볼멘소리를 하며 지켰다. 몇 개의 분을 옮겨 다니며 30년이 훌쩍 넘었다. 어린아이 팔뚝만 했던 키는 가슴까지 올라 왔고 꽃은 두어 번 피고 졌다. 어머니가 그립다.

책장 깊숙하게 넣어둔 낡은 앨범을 뒤적인다. 빛바랜 사진 속에 한복을 단아하게 입은 여인이 앉아 있다. 미소를 머금고 있는 모습이 아름답다. 어머니 30대 시절의 모습이다. 세 명의 언니들 다음으로 태어난 큰오빠 백일을 기념하여 할머니의 특별 배려로 금강산 관광을 갔을 때 찍은 사진이다. 세월을 뛰어 넘어 손주를 안고 있는 또 다른 모습의 사진 속의 어머니가 정겨웁다. 지금은 40대 중반에 있는 우리 집 큰아들 백일을 축복해 주려 오셨을 때다. 막내딸의 첫 아기를 위해 이

불과 배냇저고리를 손수 만들어 준비해 놓으셨던 어머니. 세상으로 나온 아기에게 준비해 온 옷을 입히며 장가갈 때 함 속에 그 옷을 꼭 넣어주라 했다. 어머니의 당부를 잊지 않고 챙겨 넣어 주었다. 또 하나의 배냇저고리가 아름다운 꿈을 꾸며 함 속에 들어갈 날을 기다리고 있다.

어머니 앞에서 자식들은 나이가 40이 넘고 그보다 더 나이가 많아도 최고 학부를 다녔어도 자식의 범주를 넘지 못했다. 새벽길에 넘어져 병원에 입원하신 어머니는 푼푼이 모아 저축하신 통장을 자식들 앞에 내어 놓았다. 약속했던 교회 건축 헌금을 내고 장례를 위해 사용하라 했다. 어머니 용돈의 사용처가 궁금했고 비공식적인 수입에 대해 관심이 많았던 자식들이었다. 작은 오빠는 "그런 말씀 하지 마세요. 어머니가 이제 할머니 같으네." 하며 속내를 들킨듯한 쓸쓸하고 어색한 분위기를 바꾸려 노력하였다. 공기처럼 항상 머물고 계시리라 생각했던 어머니는 마지막 8개월 자식들에게 효도할 기회를 주고 우리들 곁을 떠나셨다. 20년 전 86세에 들어서시는 정월이었다. "논에 우렁이 에미는 알을 몸속에 품고 있다가 새끼를 낳고 빈 껍질로 둥둥 떠가는데 새끼들은 그것을 보며 우리엄마 가마타고 시집간다." 라고 한단다 말씀하시던 어머니는 우렁이처럼 가셨다.

앞마당에 장미 가꾸기를 즐기시고 채송화를 심으며 연산홍을 사랑하셨던 어머니는 가슴이 따뜻한 여장부였다. 아담한 체구를 가진 어머니는 가끔은 메주와 물이 가득 들어있는 키 높은 장독을 움직이기도 하고 무거운 짐을 머리에 이고 양손에 짐을 드는 괴력을 발휘하시기도 했다. 언니들 말대로 딸 넷을 합해도 모든 면에서 어머니를 따라 갈 수가 없었다. 하나뿐인 남동생을 먼저 하늘나라로 보내고 형제가 없는 어머니는 친정 쪽의 친척이든 시가의 식구들이든 관계를 소중하게 생각하고 돈독히 하였다. 8촌이 넘어서까지 연결고리는 어머니의 몫이었다. 일찍 남편과 사별하시고 딸 둘과 어렵게 살고 있는 작은어머니를 혼자서 조용히 찾아보고 늘 잊지 않고 마음으로 챙기셨다. 암과 투병하다 객지에서 돌아가신 작은어머니의 시신을 보듬어 안고 택시를 불러 2시간이 넘는 밤길을 달려 선산 마을에 갔단다. 어머니 장례식에 조문객으로 온 택시기사의 말이었다. 그리고 문중의 어른들과 의논하여 작은어머니 장례를 치르고 선산에 묘택을 마련했다.

정작 어머니는 파주 기독교인 묘지에 있는 아버지와 합장이 되었다. 고향 선산에 묻히면 자식들 찾아오기 힘들 거라며 어머니의 주선으로 미리 마련해 놓은 곳이다. 큰언니가 우리 모두를 대표하여 두 분 오랜만에 만났으니 다투지 말라는 하직 인사를 했다. 더 이상 배낭을 메고 한 손엔 등산용 지팡이, 또 다른 손에는 보스톤 가방을 들고 현관에 들어오시는 어머니를 볼 수 없게 되었다. 주무시던 방에서 들리던 기도하며 찬송가 부르는 소리는 들을 수가 없다. 70년대 사용이 중단되었던 몇 장의 화폐를 다림질하여 셀로판지에 소중히 넣어 남겨주신 어머니. 줄 수 있는 모든 것을 다 주고 가셨다. 크고도 자상했던 어머니 사랑의 마음이 소중한 흔적들이 되어 그림자처럼 함께 하고 있다. 가을이 깊어 가기 전에 파주 어머니 무덤가에 심겨진 연산홍을 둘러보고 와야겠다. 오는 길에 관음죽을 위한 영양제도 몇 개 사다가 꽂아 주어야겠다.

^{수필} 아름다운 그림들

밤사이 비가 제법 내렸나 보다. 베란다 문을 여니 밤새 젖은 흙내음이 아침 바람에 후욱 가슴을 적시는 듯 코끝을 스친다. 크고 작은 차들이 열심히 달리고 있는 행길 건너 작은 산 위의 나무들이 샤워를 한 듯 먼지를 털어내고 말끔한 모습이다. 산 허리에서 졸고 있는 봄을 깨우는 비였나 보다. 살그머니 내밀고 있는 작은 잎들의 얼굴이 아침 햇살을 머금고 싱그러움 속에 반짝인다. 고도에 갇힌 듯 외로움의 상념에 빠져 있노라면 육지에 다리를 놓아주듯 친구가 되어 주는 상록수와 낙엽송들이다. 한곳에 뿌리를 내리고 서로서로 의지하며 계절을 지키고 아름다움을 보내 주는 그들을 본다.

신도시로 이사 온 후로도 먼 길을 시간을 내어가며 3년여를 찾아간 미장원의 미용사와 만남의 추억이 나를 이끌었다. 머리를 잘 만지는 그녀(S)의 솜씨도 나름 나를 이끄는 이유도 있었지만 S와의 첫 만남의 순간이 마음속에 자리 잡음이 너무 커서 쉽게 발길을 멈출 수가 없었다. 바쁘다는 핑계를 대며 생머리를 질끈 묶고 다니는 모습이 눈에 거슬렸는지 다정하고 멋쟁이였던 둘째 언니는 무교동에 제법 커다란 미용실에 근무하는 S를 소개하여 주었다. 핸드폰도 많이 사용되지 않던 시절 공중전화로 두어번 위치를 확인하고 도착했을 때 S는 먼저 온 손님의 머리를 만지고 있었다.

S에게 언니의 소개로 왔음을 밝히고 뒤쪽에 자리 잡고 있는 소파

에 앉았다. 즐비하게 놓인 월간잡지들 가운데 하나를 뒤적거리다가 다른 사람과는 구별이 되는 S의 머리 자르는 손끝 그리고 S의 표정 아니 모든 몸짓에 머물러 정지되어 버렸다. 약간 작은 키를 일하기에 편하도록 굽이 놓은 신발을 신고 어깨를 약간 구부리고 정성을 다하였다. 얇고 가는 빗으로 머리를 가지런히 빗어 내리는 모습은 진지했다. 왼쪽 검지와 장지 두 손가락 사이에 가지런한 머리를 잡고 길이를 맞추어 오른손으로 자르는 눈빛과 손놀림은 하나의 예술이었다. 인생의 어느 점에 서 있는지 깨닫지 못하며 지금 나의 길을 바르게 가고 있는지 방황하는 시절이었다. 자신의 서 있는 위치와 자신의 일을 소중하게 생각하는 S의 표정은 진지하고 당당했다. 정성을 기울여 고객에게 친절하게 대하는 태도는 최선의 길을 가고 있음을 보여 주었다. 내 마음에 남아있는 그림이 되었다.

S의 모습은 신사동 골목길에 작은 빌딩에 짓고 자신의 가게를 운영하게 된 후에도 나의 발길을 그곳으로 이끌었다. 자신의 가게에서 일하는 된 여유로운 마음의 S는 "교회 다니시죠?" 슬그머니 묻고는 "난 전생에 바람둥이 남자였대요. 그래서 현세에는 여자들이 많은 곳에서 일하면서 산대요." 하며 말을 건네기도 했다. 빌딩 맨 윗층에서 독신으로 지내며 혼자되신 어머니를 모시고 사는 것도 알게 되었다. S는 어깨에 짐을 지고 있는 가정의 버팀목인 가장이었다. 여러 가지 사정으로 가까운 곳으로 옮긴 후에도 S의 일하는 진지한 모습은 지워지지 않

았다. 앞산의 나무들처럼 가슴에 한켠에 남아 있다. 새로 만나게 된 미용사에게 묻지도 않는 S와의 첫 만남에 대하여 수다스럽게 얘기를 하고는 했다.

지금도 오랜 세월 머리를 만지며 자연스럽게 굽은 등에 신뢰감을 주는 모습으로 자기를 찾아오는 손님을 반기고 있을 것이다. 앞산의 상록수와 낙엽송들 중 하나의 나무처럼 S만의 계절들을 지켜 내었으리라. 비켜갈 수 없는 적지 않은 세월의 흐름 속에 머리에 흰 서리를 얹고 변함없이 일하고 있을 S를 그려본다. 거실 쇼파에 앉아 길 건너 싱그러운 봄 색깔을 입은 친구들을 바라본다. 매서운 날씨를 견디며 아름답게 태어날 새잎들을 품고 계절을 지켜낸 그들이다. 마음의 다리를 건너라고 손짓하는 듯 신작로 위로 늘어진 상큼한 잎들이 흔들거린다.

문학은 나를 돌아보고
나를 지키는 얼레

지연희 | 시인, 수필가

문학은 나를 돌아보고 나를 지키는 얼레

지연희(시인, 수필가)

어느 사이 8년이라는 시간이 지나고 그 시간의 물결 속에서 시계문학 문학 역사는 단단한 성탑을 쌓고 있어 대견함과 감사함이 중첩되고 있다. 동인지 제7호 「꽃들의 수다」를 준비하면서 오늘의 결실이 이루어지기까지 열성으로 힘을 기울인 임원들의 노고를 생각하지 않을 수 없다. 탁현미, 임정남, 이규선, 이순애 회장과 김옥남, 최예숙 시인으로 잇는 사무국 살림꾼들, 물론 함께해 준 회원들의 융합이 없었다면 가능하지 않았을 일이다. 이제 시계문학은 용인시 지역문학을 꽃피우는 튼실한 문학회로 거듭나고 있다. 중앙 집중적 문화행사가 지방자치 운영의 특화된 개발과 연구가 이어지면서 새로운 문학물결의 동인 집중적 발전의 양상에 합류하고 있는 것이다. 작품의 성장은 개인뿐 아니라 지역문학, 나아가 대한민국 문학의 가치를 높이는 일이다. 끊임없는 발전의 내일을 내다보며 평생을 수업에 임하는 문학인의 자세는 보다 완성에 닿기 위한 노력의 산물이다. 시계문학 동인지 7집에 수록된 작품은 2014년 한 해에 수확한 농부의 결실이며 독자와 나누는 추수감사의 의미를 지닌다. 때문에 동인 모두가 함께 참여해야 함에도 불구하고 많은 신입회원들이 작품의 미숙함을 들어 함께하지 못한 아쉬움이 적지 않다. 문학은 깨우침이라는 생각을 할 때가 많다. 시문학 수필문학을 집중적으로 다루고 있는 시계문학 동인지의 다양한 작품 속 삶의 이야기들은 독자의 아픔이며, 기쁨으로 내일을 사는 나 침반이 된다. 19명의 이야기를 듣기 위해 숨소리를 낮추고 귀 기울여 다 가선다.

주렁주렁 달려 있던 링거
수없이 포기하고 싶었던 삶
몸속 작은 분신들의 꿈틀거림
먼 가지 끝에서 살랑이던 작은 손들
그들의 끈질긴 속삭임과 다독임에
이 가을
굵은 훈장 하나
허리에 둘러차게 되었다

      - 탁현미의 시 「목木 백일홍의 가을」 중에서

넘치거나
마르지 않던 물 찰랑거리고
치마폭 사이마다
휘파람 소리 나던 한낮 지나

초저녁 달

덩시러니 들어앉은
장독대의 물동이
                    - 이순애의 시 「물동이」 중에서

가녀린 몸 휘청거려도
지위. 학벌. 빈부. 혈통. 이념
그 어느 것 거르지 않고
희면 흰 대로
붉으면 붉은 대로
활짝
웃으며 반길 줄 아는 그대가 곧
부처이지 싶다
                    - 김안나의 시 「살살이꽃」 중에서

　탁현미의 시 「목木 백일홍의 가을」은 병든 나무의 병상일기이다. 온몸
에 남아 있는 수술자국으로 보아 깊은 병을 앓고 있는 나무의 이력은 수십
년 뿌리내림의 역사가 있다. 그러나 그의 몸에는 주렁주렁 링거가 매달려
있고 수없이 삶을 포기하고 싶었던 시간이 있었다. 하지만 그의 몸속에서
꿈틀거리는 작은 분신들의 속삭임 다독임으로 나무는 일어서고 있다. '이
가을/굵은 훈장 하나/허리에 둘러차고' 상처 가득한 목백일홍 한 그루는
차마 눈을 감을 수 없다. 생의 비탈에 선 나무는 모성본능의 힘으로 죽음
을 굳건히 딛고 일어선 어머니의 모습을 보여주고 있다.

이순애의 시 「물동이」도 앞의 시에서 제시되었던 자식을 위한 강인한 나무의 모성을 인간의 모성으로 비유하여 보여주었다면, 이순애 시의 모성성은 가정에 헌신하는 희생적 어머니상으로 존재한다. 남편을 위하고 자식을 위해 자신을 내어 놓는 물동이를 인 어머니이다. '조롱바가지 물 위에 뜨듯/종일 동동거리는 발걸음/아련한 기억 속에/내 발을 포개어본다'는 종일 동동거리는 발걸음 속 어머니의 바쁜 일상이 보인다. 마를 날 없던 어머니의 젖은 손은 물동이의 물속 기원의 크기로 자라고 종내에는 장독대에 나앉아 달을 띄우는 기도로 남는다. '초저녁 달/덩시러니 들어앉은/장독대의 물동이'가 내장한 기원이다.

김안나의 시 「살살이꽃」은 시인의 객관적 혹은 신화적 시선으로 들여다본 살살이 꽃의 '초연한 득도의 미소'를 만나게 된다. 지위 학벌 빈부 혈통 이념까지 그 어느 것도 거르지 않고 희면 흰 대로 붉으면 붉은대로 활짝 웃고 있는 이 모습이 득도한 부처의 모습이라는 것이다. 순수 코스모스를 의미하는 우리말이라 일컫는 '살살이 꽃'은 순연한 있는 그대로의 받아들임을 핵심적 메시지로 삼고 있다. 득도한 사람만이 지닐 수 있는, 어떤 지옥불 속에서도 불변성의 순수를 지키는 힘을 말한다. '무서리 뼈 속 스며드는데/초연한 저 득도의 미소'를 만날 수 있어서다.

꽃의 향기

누구나 기억 속에 간직한다
여름과 가을 사이

물들기 시작하는

나뭇잎 하나
　　　　　- 임정남의 시 「여름과 가을 사이」 중에서

먹장구름
살며시 산등성이 넘고
보송보송 갈바람
초록빛 파도를 탄다

자연의 빛깔
새 소리 들꽃 향기도
모두 옷 갈아입는 공간
삶의 한 페이지를
담담히 접어 넘기는
노을빛 마음
　　　　　- 김좌영의 시 「계절의 언덕」 중에서

여름날 소낙비를 피하고
참새를 피하는 불안한 비행은
더 이상 하지 않아도 되었다.

썩은 나무에 앉아 그냥 그대로
작은 나뭇가지가 되어버렸다.

슬퍼할 이 없는 슬픔만이
나뭇가지에 남아
그해 가을도 그렇게 쓸쓸히 흘러가고 있었다
　　　　　– 이규선의 시 「고추잠자리의 일생」 중에서

　　임정남의 시 「여름과 가을 사이」는 계절과 계절 사이에 일어나는 불
현듯한 변화의 흔적에 시선을 모으게 한다. 푸르름 속에서 뜻하지 않게
발견한 꽃에 대한 존재의 명세서 같은 질문과 화답이다. '그 누가//바람
과 햇살과 물기가//피어낸 꽃//꽃의 향기//누구나 기억 속에 간직한다'
는 꽃의 존재가 자못 궁금하지 않을 수 없었다. 누구나 기억 속에 간직한
다는 언어 이전까지만 해도 꽃은 꽃이라고만 알았다. 일곱 행을 지나 여
덟 행으로 넘어가는 그 순간부터 시인의 꽃은 꽃으로 전의된 단풍잎 하
나라는 것을 알게 되었다. '여름과 가을사이//물들기 시작하는//나뭇잎
하나' 나뭇잎 하나는 바람과 햇살과 물기가 피워낸 꽃 한 송이였다.
　　김좌영의 시 「계절의 언덕」은 가을맞이하는 자연의 변화에 순응하고
있는 화자의 시선이 고즈넉이 다가온다. 충주 고향 언덕에 귀의하여 텃
밭을 가꾸며 사시는 시인의 자연친화적 단상들은 때 묻지 않은 옥양목
처럼 따뜻한 정서를 안고 있다. 먹장구름 살며시 산등성이 넘고 보송한

갈바람 초록빛 파도를 타더니 그 모두가 옷을 갈아입는 삶의 한 페이지를 보여준다. '자연의 빛깔/새 소리 들꽃 향기도/모두 옷 갈아입는 공간/삶의 한 페이지를/담담히 접어 넘기는/노을빛 마음' 자연의 자연한 변화를 계절의 언덕에서 응시하고 있다.

　　이규선의 시 「고추잠자리의 일생」을 들여다본다. 코스모스와 춤추고 갈대를 간질이던 고추잠자리의 날갯짓이 멈추어버린 피폐된 시간에 놓인 한 생명의 뒤안길이 보인다. 순순한 생명의 길이기도 한 종착역에서의 침묵이 슬픔이면서 슬픔이 아닌 쓸쓸함으로 멈추어 섰다. '여름날 소낙비를 피하고/참새를 피하는 불안한 비행은/더 이상 하지 않아도 되었다./썩은 나무에 앉아 그냥 그대로/작은 나뭇가지가 되어버렸다.' 생명이 빠져나간 마른 가지의 허울로 남은 죽음의 의미를 생각하게 한다. 때문에 수순을 밟고 있는 이 절대적 생존의 끝은 슬퍼할 이 없는 슬픔만이 쓸쓸히 흘러가는지 모른다.

　　　　아득한 침묵
　　　　폐부를 휘젓는 달빛

　　　　밖으로 나오려는 말
　　　　울대 안으로 밀어 넣고 가슴앓이 한다

　　　　절절한 눈빛

무릎 꿇고 두 손 모았다

말 잔등에 찍힌 화인처럼
지울 수 없는 그리움—
                  – 김옥남의 시 「깊은 밤」 중에서

잠 못 이루는 어둔 밤
사막을 건너야 하는 순간이 올 때

흔적은 볼 수 없다
휩쓸려 가는 어지러운 시간

별빛 따라 모래 언덕 넘는
갈증의 황량함

그럼에도 불구하고
별빛을 품는 온정에 한 걸음씩 간다
                  – 박진호의 시 「어둠을 만날 때」 중에서

넓은 평야에 밀대가 바람에 흔들리듯
수심에 찬 그늘진 모습은

먹구름을 몰고 오네요

어찌 그대 모습을 감추려고만 하나요
둘이 한 몸 이룬
우리 사랑인데
무엇을 망설이나요

무거운 짐 함께하면 가벼워지잖아요
                    – 김복순의 시 「말 없는 그대여」 중에서

여린 잎새 햇살 흔들어 오월을 출렁인다

명주 바람 감겨와
일흔 주름 붉게 타고
금줄 가락 감아도는
호숫가 그곳
놀처럼 번져나는 카푸치노 향
먹빛 숨결 부풀려 마른 가슴 지핀다

산 허리 저 흰 구름 세월 안고 한가롭다
                    – 박명규의 시 「오월, 호숫가에서」 중에서

김옥남의 시 「깊은 밤」은 달빛의 아름다움에 취한 화자의 심경이 절절한 음성으로 각인된다. '아득한 침묵/폐부를 휘젓는 달빛' 물론 화자가 바라보는 대상은 달빛이다. 그러나 화자가 의도했건 하지 않았건 달빛으로 대리된 아름다운 빛의 연상적 의미는 아름다운 사람에 대한 폐부를 휘젓는 소리 없는 탄성이다. '밖으로 나오려는 말/울대 안으로 밀어 넣고 가슴앓이 한다'는 더구나 3연에 이어지는 절절한 눈빛으로 무릎 꿇고 두 손 모으는 간절함은 말 잔등의 화인처럼 지울 수 없는 그리움의 사랑 노래가 아닐 수 없다. 아름다운 이를 마주한 애달픔이다. 시인은 언어의 마술사이다. 교묘하게 독자를 끌어당기려는 언어 장치적 트릭으로 독자가 빠져주기를 기대하고 있다.

박진호의 시 「어둠을 만날 때」는 잠 못 이루는 밤의 상상적 고뇌가 보인다. 불면의 밤 공상으로 가득한 세계는 급기야 사막을 건너는 역경에 휩싸이게 되고 극명하게 휩쓸려가는 어지러운 일들의 만남을 피할 수 없게 된다. 그러나 이 시에서 화자는 모래언덕의 고단함을 '갈증'이라 말하고 있다. '별빛 따라 모래 언덕 넘는/갈증의 황량함//그럼에도 불구하고/별빛을 품는 온정에 한 걸음씩 간다'는 것이다. 어둠을 만나는 시간(불면)을 절망이거나 실의의 공간으로 설정하여 사막을 걷고 있지만 시인은 그 어지러움 속에서도 별빛을 품는 희망의 메시지를 놓치지 않고 있다.

김복순의 시 「말 없는 그대여」는 고뇌에 찬 그대를 보듬는 화자의 따뜻한 마음을 마음자락으로 감지하게 된다. 우리는 둘이 한 몸을 이룬 사랑인데 무엇을 망설이고 있느냐는 것이다. '한숨만 내지 말고/마음을 열어 보아요' 채근하는 모습이 사랑스럽고 아름답다. '넓은 평야에 밀대가 바람에 흔들리듯/수심에 찬 그늘진 모습은/먹구름을 몰고 오네요' 넓은 평야에 밀대가 흔들리듯 수심에 찬 그늘진 모습에 애가 타는 화자가 어여쁘다. 말없는 그대를 향해 '우리 사랑인데' '무거운 짐 함께하면 가벼워지잖아요' 애원하듯 위로하는 사랑, 순연히 내어주는 사랑의 값을 향기로 기체화시키고 있는 시다.

박명규의 시「오월, 호숫가에서」는 산허리에 걸린 세월의 흐름이 한가롭게 흰 구름으로 떠있다. 3연 여덟 줄의 행으로 구조된 비교적 짧은 시이지만 극명한 의미의 크기로 다가오는 오월 호숫가의 풍경이다. 이 시는 여린 잎새 햇살을 흔들어 오월을 출렁인다는 배경을 도입부에 깔아놓고 '명주바람 일흔 주름'이라는 특정한 숫자로 시인이 제시한 인물의 나이가 갖는 시간과 마른 가슴 지피는 아름다움으로 구조되었다. '금줄 가락 감아도는/호숫가 그곳/놀처럼 번져나는 카푸치노향/먹빛 숨결 부풀려 마른 가슴 지핀다'는 일흔 나이에 감도는 명주바람으로 붉게 타는 금줄가락이며, 놀빛 카푸치노향 들이 먹빛 마른 가슴 지피는 까닭으로 스며들고 있다. 오월 호숫가에서 만날 수 있는 아름다운 정경情景을 그려주고 있다.

고무신도 격이 있었다. 엄마 아버지는 흰 고무신이었고 우리 형제들은 다 같이 검정 고무신이었고 전교생 모두 검정 고무신이다. 검정 고무신도 두 가지인데 자동차 타이어 색깔이 나는 까만 고무신과 좀 붉은색이 나는 고무신이다. 엄마는 새까만 고무신은 탄력성이 없어 발이 아프다고 하셨다. 당시 브랜드 생산품인 생고무가 섞인 붉은 색을 약간 띤 탄력성이 있는 것으로 사주셨다. 잘 모르긴 해도 새까만 것은 좀 더 싼 것으로 기억된다. 누나가 있는 친구는 뜨개질로 양말을 받쳐 신고 다녔지만 위로 3명이 모두 형인 나는 좀처럼 양말은 신지 못했다. 고무신은 발을 보호하는 처음이요 마지막 보호대 였다.

검정고무신을 새로 사주시는 날만은 시장에 엄마 따라 갈 수 있는 특권이 주어진다. 새 신을 사주시면 이불 밑에 꼭 껴안고 자곤 했다. 6.25 사변 발발한 4학년 즈음 엄마가 사준 설빔 새 고무신을 신고 학교 간 날이었다. 그 날은 마침 졸업식 예행연습을 하는 날로 전교생 800 여명이 강당에 모였다. 나는 새신에 신경이 쓰였지만 어쩔 수 없이 모양도 색깔도 전부 비슷한 신발을 칸막이가 없는 신장에다 줄지어 넣어두고 연습장에 들어갔다. 강당이 비좁아 키가 제일 작은 나는 의자도 없이 제일 앞자리에 앉았다. 연습을 마치고 나와 신발장에 가보니 아니나 다를까 내가 넣어둔 신발이 감쪽같이 없어 졌다.

- 손거울의 수필 「고무신 도둑」 중에서

지하철 입구에서 노인이 허름한 옷을 겹겹으로 입고 앉아 파를 다듬고 있다. 손톱에는 흙이 끼어 있어 더 거칠게 보이는 손이다. 손님이 파를 산다. 손끝에 매달리는 고달픔이 가죽처럼 검어진 손등에서 우르르 내려와 길을 가던 행인의 손에 들린 파 값을 받아 든다. 돈을 세는 노인의 얼굴에 조용한 미소는 각박했던 삶을 말해준다. 노인은 손으로 하는 노동으로 한 생을 살았다. 누구나 손은 일을 해야만 한다. 지하철 입구에서 행상을 하는 노인의 거친 손을 누구나 한 번쯤은 기억할 것이다. 노인의 하루가 마감하는 순간까지 손은 그렇게 일을 해야 한다. 그 손으로 몇 사람의 몸에 혈맥을 공급하고 있는지 의식 없이 지나치지만 할머니의 일손이 있어 누구인가 간편하게 살아가고 가정을 아름답게 이끌 수 있다.

손의 보편적인 이야기만을 했지만 손을 놓고 생각해보면 손은 마음의 길이다. 내 마음에서 이루어진 결과를 손이 밖으로 표출해주는 역할을 가지고 일생을 마친다. 베스트셀러가 된 소설이 손이 없었다면 생각을 옮기어 놓지 못하고 머릿속에서 사장되어 버렸을 것이다. 알버트 뒤러의 「기도하는 손」 그림이 후대에 까지 사랑을 보여 주고, 희생을 보여 주고, 겸손을 나타내고 있는 감동도 손의 수고 없이는 남겨 질 수없는 아름다운 이야기다. 손은 세월의 흔적을 남기는 명작을 남긴 것이다. 손, 어떤 손은 태어나는 생명을 받는가 하면 죽은 사람에게 장의를 입히는 손도 있다. 손, 인생을 빛내 주는 일들만을 시킬 수 있 다면 세상은 아름다울 수 있을 것이다.

– 최완순의 수필 「그대가 있기에 세상은 아름다워」 중에서

손거울의 수필 「고무신 도둑」은 어머니가 사 준신 귀한 검정고무신을 학교에서 잃어버리고 급기야 졸업식이 있던 강당에서 내 고무신이라고 생각되는 남의 고무신을 들고 도망쳐 집으로 달아나는 이야기이다. 초등학교 시절 새 검정고무신을 잃어버린 어린아이 심리를 세밀하게 들려주는 이 수필은 기억의 칩으로 재생한 때 묻지 않은 아이의 순수가 그려진다. 시대적 가난의 현실이 적나라하게 드러나는 손거울 수필은 정감이 묻어나고 흑백영화의 화면을 감상하는 선명한 이미지를 만나게 된다. 1950년대 격동의 시대를 지엽적으로 재생시키는 손거울 수필의 강점을 잊혀져가는 시간 너머의 이야기와 살아있는 감성의 문장이다. 60년이 지난 이야기가 어쩌면 그렇게 선명하게 재생되는지 놀라울 뿐이다.

　최완순의 수필 「그대가 있기에 세상은 아름다워」는 손이 머무는 곳마다 아름다운 가치를 세우는 삶의 이야기가 전개된다. 비교적 긴 수필이라고 평가할 수 있는 이 수필은 독일 뉴론 박물관에 소장되어있는 알버트 뒤러의 「기도 하는 손」 그림을 모티브로 손이 하는 다양한 역할을 천착해내고 있다. 친구의 기도하는 거친 손을 그려 유명한 이 그림은 손이 나타내는 희생과 사랑과 우정을 한 장의 그림으로 표현한 작품이다. 국회의사당 정치가의 손, 법을 집행하는 법관의 손, 지하철 입구에서 행상을 하는 노인의 흙 묻은 거친 손, 사유의 밭을 경작하는 작가의 손 등 '그대'라는 인물로 대리된 손의 쓰임새에 대한 최완순 수필의 깊은 시선이 눈뜨지 못한 독자의 인식을 깨우고 있다. 사람의 몸에 붙어 하루에도 수천만 번 움직이고 있는 손에 대한 감사이다.

한 줄금 푹 쏟아진 소낙비
온 숲이 무겁다

빛 머금은 바람
길가 작은 풀잎부터
나무를 스치고 숲 등성이까지
살랑 살랑 오른다

무거웠던 잎들
차르르 차르르 몸들을 털고
풋풋해진다
　　　　　　　－ 박옥임의 시 「바람의 배려」 중에서

본래 희지도 검지도 않노라 하는데
하얀 눈밭 벗은 나무 선연하고
짧지도 또한 길지도 않노라 하는데
내 짧은 혀는 길게 말을 풀어
계곡 얼음장 아래서도 수선스럽네

머뭇거리던 나의 시는 예까지 따라와
회청색 동종소리에
마른 삼줄기처럼 흔들리는데

절은 여전히 말이 없네
                 - 권소영의 시 「꽃무릇 방에 머무르다」중에서

화살처럼 날아와
내 가슴속 깊은 곳
뽑히지 않는 화살
있었던가?

외진 산자락 길
먼저 도착한 아픔들
줄지어 선 자리마다
온통
붉다
                 - 황혜숙의 시 「화살나무」중에서

태산 같은 짐 평생 머리에 이고
가슴엔 칠남매 주렁주렁 고단함으로 지친 삶

허공에 눈꽃 날리고 있다
젊은 날, 모란꽃 곱던 열아홉 순정 꿈 이였노라고
세상 한바탕 신명나게 춤추다 연기 마치고 가노라고
차마
한쪽 눈 감지 못하고 생을 다하시고 있다
함박눈 소복이 쌓인 그날
열한 살 딸 손 떨구고 윤회의 길 미래로 가고 있다
- 최예숙의 시 「그 날」 중에서

　박옥임의 시 「바람의 배려」는 한껏 쏟아진 소낙비에 숲의 나무들이 무겁게 체중을 더하는 게 보인다. 온 숲이 무겁다. 때마침 빛 머금은 바람이 나무의 무게를 덜어내고 있다. 바람의 배려이다. '빛 머금은 바람/길가 작은 풀잎부터/나무를 스치고 숲 등성이까지/살랑 살랑 오른다'는 바람의 몸짓은 마치 무게를 잴 수 없는 인간의 원죄를 대신 지고 골고다 언덕을 오르는 성자처럼 묵묵하다. 빛을 머금고 경쾌한 몸짓으로 나무들 사이 사이를 어루만지는 바람의 손길은 성자의 사랑이다. 한 폭의 그림처럼 선명한 이미지로 구조된 시 「바람의 배려」는 십자가 앞에서 기도하는 화자의 모습 또한 클로즈업된다. '문득/바람보다 못한 내 마음 부끄러워/생각 속에 구겨 넣었다'는 반성이다.
　권소영의 시 「꽃무릇 방에 머무르다」는 끓어 넘치는 신열의 붉은 꽃의 내가 나를 버리지 못하고 꽃무릇으로 피어 있다. '말을 얻고자 절로 들었

네'라는 첫 행의 의도 역시 비우지 못한 욕망의 내가 보인다. 말을 얻겠
다는 그 의도란 내려놓지 못하는 꽃무릇(욕심, 갈망)인 탓이다. 이어서
'본래 희지도 검지도 않노라 하는데/하얀 눈밭 벗은 나무 선연하고/짧지
도 또한 길지도 않노라 하는데/내 짧은 혀는 길게 말을 풀어/계곡 얼음
장 아래서도 수선스럽네'라는 은유의 키워드로 내다보이는 수선스러움
의 깊이를 따라가 보기로 했다. '말'을 이끄는 혀의 수선스러움을 제시하
고 있는 깊은 의도에 집중하기로 한 것이다. 본래 희지도 검지도, 짧지도
길지도 않다고 하며 화자는 결국 '머뭇거리던 나의 시는 예까지 따라와/
회청색 동종소리에/마른 삼줄기처럼 흔들리는데//절은 여전히 말이 없
다'라고 진술하고 만다. 비로소 풀리는 말의 정체는 詩였으며 애초에 얻
고자 한 붉은 꽃의 내가 예까지 따라온 詩였던 것이다. 꽃무릇의 방은 욕
망의 방이며 그 붉은 욕망은 詩라는 '말'이었다.

　　황혜숙의 시 「화살나무」는 누군가의 가슴에 화살로 깊이 박혀본 적
있었던가, 내 가슴속 뽑히지 않는 화살로 박혀본 적 있었던가를 묻고 있
다. 온통 붉은 꽃으로 산자락에 피어 있는 꽃들을 보며 먼저 도착한 사
랑의 아픔이라 말한다. 사랑의 그 뿌리부터 아픔을 내장한 존재임을 암
시한다. 사랑은 누군가의 가슴에 박혀도, 혹은 내 가슴에 뽑히지 않는 화
살로 존재될지라도 아픔이라는 것이다. '외진 산자락 길/먼저 도착한 아
픔들/줄지어 선 자리마다/온통/붉다' 먼저 도착한 아픔들에 대하여 주
목하게 하는 마지막 연의 의미를 분석해 보면 나 역시 아픔을 안고 붉은
꽃울음으로 피고 있음을 말하고 있다. 사랑은 네 가슴에 꽂인 화살이든

내 가슴에 꽂인 화살이든 아픔의 속성으로 붉게 피고 있다는 메시지이다.

최예숙의 시 「그 날」은 어머니가 사경을 헤매던 날의 아픈 그림이다. 쪽진 머리 풀어지고 팔 늘어진 채 큰 사위 등에 업혀 돌아오신 어머니의 임종을 열한 살이었던 딸이 그려내고 있다. 세상 끈 놓고 발자국 없는 먼 길 떠나는 모습이다. 어린아이의 눈에 비친 어머니의 모습을 당시의 사무침만큼 회억해 내는 아픔이 크다. '태산 같은 짐 평생 머리에 이고/가슴엔 칠남매 주렁주렁 고단함으로 지친 삶/허공에 눈꽃 날리고 있다'는 눈 내리는 겨울의 차가운 바람이 칠남매를 두고 떠나는 모성의 가슴 무너지는 아픔을 풀어낸다. 오죽했으면 한 쪽 눈 감지 못했을지 자식을 둔 어머니가 되어 반추하는 딸의 모습이 깊은 슬픔으로 젖어 있다. '차마/한쪽 눈 감지 못하고 생을 다하시고 있다/함박눈 소복이 쌓인 그날/열한 살 딸 손 떨구고 윤회의 길 미래로 가고 있다'는 지워지지 않는 그날의 아픔을 새김질한다.

봄이다. 알싸한 봄 냄새를 맡으며 꽤 가파른 근처 산길을 오른다. 친구가 있어 지루하고 힘들지 않다. 눈에 보이는 자연의 변화와 일상日常의 이야기로 쉼 없이 대화가 이어진다. 반나절 만에 돌아올 수 있는 짧은 코스에도 같이 하는 친구가 있다는 것은 언제나 설레고 든든하다. 세상이라는 길고 폭넓은 길을 함께할 수 있는 좋은 친구를 만난다는 것은 우리 인류의 가장 원초적이고 절실한 염원이다.

해가 어스름히 질 무렵 동네 어귀에 노부부가 다정하게 걸어 오고 있다. 언뜻 보기에 팔십대 후반으로 보인다. 아직은 두 분의 건강이 겉으로 보아서는 아주 나빠 보이지는 않는다. 새삼스럽게 한없이 존경스러운 마음이 울어난다. 저분들도 삶이란 전쟁터에 생사고락生死苦樂을 같이하는 전우戰友가 되어 지금까지 걸어 왔을 것이다. 때로는 햇살 같은 자손들의 웃음에 희망을 걸고 아픈 상처를 서로 어루만지며 이제는 종착역을 향해 가고 있다. 외롭고 힘든 길에 늦도록 동행하는 부부를 만난다는 것은 가장 고귀한 한편의 예술품을 보는 듯 진한 감동과 위로를 받는다.

                                   – 이홍수의 수필 「동행」 중에서

낮에도 뜨지 않는 해를 기다리다 어둠이 짙어지면 촛불을 켜라. 수몰된 여울에 반딧불이 살아 있다는 흔적을 보여주듯 작은 초 하나를 켜라. 한 점 입김에 속절없이 사그라질지언정 까만 심지는 남을 테니 촛불을 켜라. 점멸을 반복하는 촛불은 새벽을 알리는 샛별. 그 애련한 빛을 따라 아침이 이어 올 테니 촛불을 켜라.

허물어진 울타리를 지키기 위해 매일 도시 아래를 달리는 아버지가 촛불을 켠다. 피라미드 어디쯤을 기어오르는 아버지는 늘 잠든 아이를 보는 것에 만족해 왔다. 신성한 노동은 정해진 퇴근시간은 없고 미래도 없다. 경쟁하지 않는 자가 강요하는 경쟁을 묵묵히 따르며 동료들을 떠나 보내왔다. 노동을 게을리 하지 않은 아버지가 촛불을 켜는 동안 엄숙히 지켜보라. 눈을 감고 달려온 아버지가 잠시 그가 사는 시대를 응시할 수 있게 촛불을 허하라.

- 이지원의 수필 「촛불」 중에서

정작 어머니는 파주 기독교인 묘지에 있는 아버지와 합장이 되었다. 고향 선산에 묻히면 자식들 찾아오기 힘들 거라며 어머니의 주선으로 미리 마련해 놓은 곳이다. 큰언니가 우리 모두를 대표하여 두 분 오랜만에 만났으니 다투지 말라는 하직 인사를 했다. 더 이상 배낭을 메고 한 손엔 등산용 지팡이, 또 다른 손에는 보스톤 가방을 들고 현관에 들어오시는 어머니를 볼 수 없게 되었다. 주무시던 방에서 들리던 기도하며 찬송가 부르는 소리는 들을 수가 없다. 70년대 사용이 중단되었던 몇 장의 화폐를 다림질하여 셀로판지에 소중이 넣어 남겨주신 어머니. 줄 수 있는 모든 것을 다 주고 가셨다. 크고도 자상했던 어머니 사랑의 마음이 소중한 흔적들이 되어 그림자처럼 함께 하고 있다. 가을이 깊어 가기 전에 파주 어머니 무덤가에 심겨진 연산홍을 둘러보고 와야겠다. 오는 길에 관음죽을 위한 영양제도 몇 개 사다가 꽂아 주어야겠다.

- 정선이의 수필 「어머니의 정겨운 흔적들」 중에서

이흥수의 수필 「동행」은 누군가와 같은 길을 함께하는 기쁨을 말하고 있다. '세상이라는 길고 폭넓은 길을 함께할 수 있는 좋은 친구를 만난다는 것은 우리 인류의 가장 원초적이고 절실한 염원이다.'라고 이흥수 수필은 말한다. 산을 오르며 곁을 지키는 동행자에 대한 감사를 느끼며 국립발레단의 단장을 맡고 있는 강수진씨가 남편 툰치소크맨이 인생의 동행자가 된 내력을 들려준다. 같은 발레단 선배이면서 전천후 요리사이며 자상한 친구이자 엄격한 그의 매니저인 동행자에 대한 존경을 말한다. '신이 인간에게 내려준 가장 귀중한 선물은 남녀가 만나 함께 세상을 바라보고 걸어 갈 수 있는 것이다. 남녀가 만나 서로를 알아가고 사랑하고 실망하는 과정은 인류의 모든 희로애락喜怒哀樂의 시발점이 되는 중요한 부분이다.'라며 평생을 동행하며 함께 산다는 것은 가장 큰 행복이라고 이 수필은 동행의 아름다움을 짚고 있다.

이지원의 수필 「촛불」은 허물어진 울타리를 지키기 위해 매일 도시 아래를 달리는 아버지가 촛불을 켜고, 시린 봄 바다로 간 나비를 기다리는 등대가 촛불을 켜고 있다. 우리 사회 소시민의 아픔을 위해 촛불은 점화되고 사회 모순을 딛고 일어서기 위해 이지원의 촛불은 밝혀지고 있다. '시린 봄 바다로 간 나비를 기다리는 등대가 촛불을 켠다. 약속된 나비의 푸른 날개는 억겁의 바다를 이고 깊게만 가버렸다. 포구에 매인 등대는 수천 번 달려오는 파도를 세다 눈이 짓물렀다. 무정한 바다 에 발을 담근 채 온기를 잃어버렸다. 버려진 등대에게 초 하나의 위로를 밝히련다.'는 것이다. 잠든 의식을 깨우듯 젊음의 용기와 패기가 살아 있는 이지원의 수필은 칼날처럼 무서운 펜촉의 위력을 알고 있다.

정선이의 수필 「어머니의 정겨운 흔적들」은 늦여름 오후 베란다의 화초를 보면서 살아 계실 때 반포 이사한 집으로 들고 오신 어머니의 선물 관음죽으로부터 시작된다. 관음죽의 꽃말은 행운이라며 나즈막한 크기의 나무를 건네주셨는데 그 나무는 지금 어머니의 분신처럼 곁에 두고 키워오고 있다. 어머니를 뵙는 듯 그리움을 푸는 관음죽은 어머니 삶을 기억 속에서 담아오는 가교 역할을 한다. '책장 깊숙하게 넣어둔 낡은 앨범을 뒤적인다. 빛바랜 사진 속에 한복을 단아하게 입은 여인이 앉아 있다. 미소를 머금고 있는 모습이 아름답다. 어머니 30대 시절의 모습이다. 세 명의 언니들 다음으로 태어난 큰오빠 백일을 기념하여 할머니의 특별 배려로 금강산 관광을 갔을 때 찍은 사진이다.' 관음죽으로 풀어낸 어머니의 흔적이다.

시와 수필문학의 다양한 이야기로 시계문학 동인지 제 7집을 풍요롭게 해 준 회원여러분에게 감사한다. 문학이 우리에게 전하는 존재적 가치를 일일이 열거할 수는 없지만 최소한 나를 돌아보고 나를 지키는 최고의 수단이라는 믿음 하나를 긍정하라고 말하고 싶다. 열아홉 분의 세상을 들여다보며 내게도 믿음의 아이콘 하나는 그려지고 있다. 세계적인 작가가 되라는 주문은 욕심이더라도 한국적인 정서의 '무엇'은 되어야 하지 않겠는가 라는 숙제이다. 그것은 회원 여러분의 몫이라는 것이다. 누군가 해 주었으면 싶다.

꽃들의
수다

시계문학회

꽃들의
수다

꽃들의
수다